KB028026

마음챙김의 시

마음 챙김의 시

류시화 엮음

한때 네가 사랑했던 어떤 것들은

영원히 너의 것이 된다.

네가 그것들을 떠나보낸다 해도

그것들은 원을 그리며

너에게 돌아온다.

그것들은 너 자신의 일부가 된다.

— 앨런 긴즈버그 〈어떤 것들〉

차례

녹슨 빛깔 이파리의 알펜로제

꽃피어야만 하는 것은, 꽃핀다
자갈 비탈에서도 돌 틈에서도
어떤 눈길 닿지 않아도

라이너 쿤체
'눈 속 장미'라고 불리는 '녹슨 빛깔 이파리의 알펜로제'는 알프스산
수목한계선 부근에서 자라는 철쭉의 일종

옳고 그름의 생각 너머

옳고 그름의 생각 너머에 들판이 있다.
그곳에서 당신과 만나고 싶다.

영혼이 그 풀밭에 누우면
세상은 더없이 충만해 말이 필요 없고
생각, 언어, 심지어 '서로'라는 단어조차
그저 무의미할 뿐.

잘랄루딘 루미

별의 먼지

한 번도 본 적 없는 얼굴로
한 번도 들은 적 없는 이름으로
당신이 온다 해도
나는 당신을 안다.
몇 세기가 우리를 갈라놓는다 해도
나는 당신을 느낄 수 있다.
지상의 모래와 별의 먼지 사이 어딘가
매번의 충돌과 생성을 통해
당신과 나의 파동이 울려퍼지고 있기에.

이 세상을 떠날 때 우리는
소유했던 것들과 기억들을 두고 간다.
사랑만이 우리가 가져갈 수 있는 유일한 것
그것만이 한 생에서 다음 생으로
우리가 가지고 가는 모든 것.

랭 리아브

중요한 것은

삶을 사랑하는 것
도저히 감당할 자신이 없을 때에도,
소중히 쥐고 있던 모든 것이
불탄 종이처럼 손에서 바스러지고
그 타고 남은 재로 목이 멜지라도

삶을 사랑하는 것
슬픔이 당신과 함께 앉아서
그 열대의 더위로 숨 막히게 하고
공기를 물처럼 무겁게 해
폐보다는 아가미로 숨 쉬는 것이
더 나을 때에도

삶을 사랑하는 것
슬픔이 마치 당신 몸의 일부인 양
당신을 무겁게 할 때에도,
아니, 그 이상으로 슬픔의 비대한 몸집이
당신을 내리누를 때

내 한 몸으로 이것을 어떻게 견뎌 내지,
하고 생각하면서도

당신은 두 손으로 얼굴을 움켜쥐듯
삶을 부여잡고
매력적인 미소도, 매혹적인 눈빛도 없는
그저 평범한 그 얼굴에게 말한다.
그래, 너를 받아들일 거야.
너를 다시 사랑할 거야.

엘렌 바스

일요일에 심장에게

고마워, 내 심장
투덜거리지도 않고 소란 피우지도 않으며
타고난 근면함에 대해
어떤 칭찬도 보상도 요구하지 않아서.
너는 1분에 70번의 공덕을 쌓고 있지.
너의 모든 수축과 이완은
세상을 두루 여행하라고
열린 바다로
조각배를 밀어 보내는 것과 같지.

고마워, 내 심장
매 순간순간마다
나를 남들과 구별되는 존재로 만들어 주어서.
꿈에서조차 독립된 존재로.

너는 계속 확인해 주지,
내가 꿈속으로 영영 날아가 버리지 않도록.
날개가 필요 없는 마지막 비상 때까지는.

고마워, 내 심장

나를 다시 잠에서 깨어나게 해 주어서.

비록 오늘은 일요일,

안식을 위해 만들어진 날이지만

내 갈비뼈 바로 아래에서는

영원한 휴식 전의 분주한 움직임이 계속되고 있지.

비스와바 쉼보르스카

정화

봄이 시작되면 나는 대지에
구멍 하나를 판다. 그리고 그 안에
겨울 동안 모아 온 것들을 넣는다.
종이 뭉치들, 다시 읽고 싶지 않은
페이지들, 무의미한 말들,
생각의 파편들과 실수들을.
또한 헛간에 보관했던 것들도
그 안에 넣는다.
한 움큼의 햇빛과 함께, 땅 위에서 성장과
여정을 마무리한 것들을.

그런 다음 하늘에게, 바람에게,
충직한 나무들에게 나는 고백한다.
나의 죄를.
나에게 주어진 행운을 생각하면
나는 충분히 행복해하지 않았다.
너무 많은 소음에 귀 기울였다.
경이로움에 무관심했다.

칭찬을 갈망했다.

그러고 나서 그곳에 모여진
몸과 마음의 부스러기들 위로 구멍을 메운다.
그 어둠의 문을, 죽음이라는 것은 없는 대지를
다시 닫으며.
그 봉인 아래서 낡은 것이
새것으로 피어난다.

웬델 베리

그리고 사람들은 집에 머물렀다

그리고 사람들은 집에 머물렀다.

그리고 책을 읽고, 음악을 듣고, 휴식을 취했으며,

운동을 하고, 그림을 그리고, 놀이를 하고,

새로운 존재 방식을 배우며 조용히 지냈다.

그리고 더 깊이 귀 기울여 들었다.

어떤 이는 명상을 하고, 어떤 이는 기도를 하고

어떤 이는 춤을 추었다.

어떤 이는 자신의 그림자와 만나기도 했다.

그리고 사람들은 전과 다르게 생각하기 시작했다.

그리고 사람들은 치유되었다.

무지하고 위험하고 생각 없고 가슴 없는 방식으로 살아가
는 사람들이 줄어들자

지구가 치유되기 시작했다.

그리하여 위험이 지나갔을 때

사람들은 다시 함께하기 시작했다.

그들은 잃은 것을 애도하고,

새로운 선택을 했으며,

새로운 모습을 꿈꾸었고,

새로운 삶의 방식을 발견했다.

그리고 자신들이 치유받은 것처럼

지구를 완전히 치유해 나갔다.

키티 오메라

*2020년 신종 코로나바이러스19가 세계적으로 대유행하면서 봉쇄와 격리로
사회적 거리두기가 실천될 때 미국 위스콘신주의 전직 교사가 쓴 시.
페이스북에 게재되자 전 세계 수많은 이들이 공유했다.*

기다려라

기다려라, 지금은.

모든 것을 불신해도 좋다, 꼭 그래야만 한다면.

하지만 시간을 믿으라. 지금까지 시간이 너를

모든 곳으로 데려다주지 않았는가.

너는 개인적인 일들에 다시 흥미를 갖게 될 것이니,

너의 머리카락에도,

고통에도 흥미를 갖게 될 것이니,

계절 지나 핀 꽃이 다시 사랑스러워질 것이다.

쓰던 장갑이 다시금 정겨워질 것이다.

장갑으로 하여금 다른 손을 찾게 만드는 것은

그 장갑이 가진 기억들.

연인들의 외로움도 그것과 같다.

우리처럼 작은 존재가 빚어내는

거대한 공허감은

언제나 채워지기를 원하니,

새로운 사랑에 대한 갈망이

오히려 옛사랑에 충실한 것.

기다려라,

너무 일찍 떠나려 하지 말라.

너는 지쳤다, 하지만 우리 모두가 지쳤다.

하지만 누구도 완전히 지치진 않았다.

다만 잠시 기다리며 들어 보라.

머리카락에 깃든 음악을

고통 안에 숨 쉬는 음악을

우리의 모든 사랑을 실처럼 다시 잇는 음악을

거기 있으면서 들어 보라.

지금이 무엇보다도 너의 온 존재에서 울려 나오는

피리 소리를 들을 유일한 순간이니.

슬픔으로 연습하고, 완전히 탈진할 때까지

자신을 연주하는 음악을.

골웨이 키넬

대학에서 문학을 강의할 때 실연의 상처로 자살을 하겠다며 찾아온
제자에게 써서 준 시. 이 시를 읽고 난 여학생은 마음을 돌렸으며, 훗날
시인에게 감사 편지를 보냈다.

정원 명상

고요한 연못이 되라, 너의 얼굴이 빛과
경이로움을 반사하게 하라.
잠자리가 되라, 조용하지만 기쁨에 넘치는.
꽃봉오리가 되라, 피어나기를 기다리는.
나무가 되라, 쉴 그늘이 되어 주는.

나비가 되라, 지금 이 순간의 풍요를 받아들이는.
나방이 되라, 빛을 추구하는.
등불이 되라, 길 잃은 이들의 앞을 비추는.
오솔길이 되라, 한 사람의 갈 길을 열어 주는.
처마에 매달린 풍경이 되라, 바람이 너를 통과하게 하고
폭풍을 노래로 만들 수 있도록.

비가 되라, 씻어 내고 맑게 하고 용서하는.
풀이 되라, 밟혀도 다시 일어나는.
다리가 되라, 평화로운 마음으로 건너편에 이르는.
이끼가 되라, 너의 강함을 부드러움과 자비로움으로
누그러뜨리는.

흙이 되라, 결실을 맺는.

정원사가 되라, 자신의 질서를 창조해 나가는.

사원이 되라, 영혼이 네 안에 머물 수 있도록.

계절이 되라, 변화를 기꺼이 맞아들이는.

달이 되라, 어두운 가운데 빛나는.

조약돌이 되라, 시간이 너의 모서리를 둥글게 다듬어
완성하도록.

나뭇잎이 되라, 놓을 때가 되면 우아하게 떨어지는.

원의 순환을 신뢰하라, 끝나는 것이
곧 다시 시작하는 것이므로.

샤메인 아세라파

위험

마침내 그날이 왔다.
꽃을 피우는 위험보다
봉오리 속에
단단히 숨어 있는 것이
더 고통스러운 날이.

엘리자베스 아펠

슬픔의 우물

슬픔의 우물에 빠져
고요한 수면 밑 어두운 물속으로 내려가

숨조차 쉴 수 없는 곳까지
가 본 적 없는 사람은

결코 알지 못한다, 우리가 마시는
차고 깨끗한 비밀의 물이 어느 근원에서 오는지.

또한 발견하지 못할 것이다,
무엇인가를 소망하는 사람들이 던진

작고 둥근 동전들이
어둠 속에서 희미하게 빛나고 있는 것을.

데이비드 화이트

꼭두각시 인형의 고백

만약 신이, 내가 헝겊으로 만든 꼭두각시 인형이라는 사실을 잠시 잊고
내게 아주 짧은 인생을 허락한다면,
아마도 내 마음속에 있는 모든 걸 말하지는 못하겠지만
나는 내가 말하는 것들에 대해 깊이 생각할 것이다.
무엇보다 나는 존재하는 모든 것에 가치를 부여할 것이다.
그들의 값어치가 아니라 그들이 지닌 의미에 따라서.

나는 적게 자고 더 많이 꿈꾸리라.
나는 안다, 우리가 눈을 감을 때마다
매 순간의 빛을 잃어버린다는 것을.

다른 이들이 멈춰 있을 때 나는 걸으리라.
다른 이들이 잠들어 있을 때 나는 깨어 있으리라.
다른 이들이 말할 때는 귀를 기울이고
맛있는 아이스크림을 마음껏 음미하리라.
신이 내게 한 조각의 생이라도 베푼다면, 정말로 그럴 수만 있다면

옷을 간소하게 입고 태양 아래 누우리라.
내 육체만이 아니라 영혼도 적나라하게 드러내면서.

아, 내가 심장을 가질 수만 있다면
얼음 위에 내 마음속 미움들을 적어 놓을 것이다.
그리고 태양이 솟기를 기다리리라.
내 눈물로 장미에 물을 주리라.
장미 가시가 주는 상처와
꽃잎의 붉은 입맞춤을 느끼고 싶기에.

아, 내게 아주 짧은 순간이라도 생이 주어진다면
내가 사랑하는 사람들에게 말하지 않고 지나가는 날은
단 하루도 없으리라.
내가 그들을 사랑한다는 것을.
한 사람 한 사람, 각각의 여자와 남자에게
내가 그들을 얼마나 마음에 두고 있는지 알게 할 것이다.

나는 사람들에게 증명해 보일 것이다.

나이 들면 사랑에 빠지는 걸 포기해야 한다고 생각하는 것이

얼마나 큰 실수인가를.

사랑에 빠지는 것을 포기하는 순간 늙기 시작한다는 걸

알지 못한 채.

아이들에게는 날개를 주리라.

하지만 스스로 나는 법을 배우도록 내버려 두면서.

노인들에게는 일깨워 주리라.

죽음은 노년과 함께 오는 것이 아니라

망각과 더불어 온다는 것을.

인간들이여, 많은 것을 나는 당신들에게서 배웠다.

모든 인간이 산 정상에서 살기를 원한다는 것을 나는 알게 되었다.

진정한 기쁨은 가파른 비탈을 오르는 과정에 있다는 것을 깨닫지 못한 채.

또 나는 알게 되었다, 갓난아이가 그 작은 주먹으로
맨 처음 부모의 손가락을 꼭 움켜쥘 때
영원히 그 부모를 붙잡고 싶어 한다는 사실을.

　나는 또한 한 인간이 다른 인간을 내려다볼 권리를 지니
고 있음을 배웠다.
　오직 그가 일어서는 걸 도우려고 손을 내밀 때만.

나는 아주 많은 것을 당신들에게서 배웠다.
하지만 결국 그것들은 쓸모가 없어질 것이다.
왜냐하면 사람들이 나를 여행가방 안에 집어넣으면
불행히도 나는 어둠 속으로 사라져야만 하니까.

조니 웰치

*『백년 동안의 고독』*의 작가 가브리엘 가르시아 마르케스가 병상에서 쓴
최후의 시로 신문에 게재되었으나, 무명의 멕시코 복화술사(인형을 손에
끼고서 마치 그 인형이 말하는 것처럼 입을 움직이지 않고 말하는 사람)
조니 웰치가 자신의 조수인 꼭두각시 인형을 위해 쓴 시인 것이 밝혀졌다.

위험들

웃는 것은 바보처럼 보이는 위험을 감수하는 일이다.

우는 것은 감상적으로 보이는 위험을 감수하는 일이다.

타인에게 다가가는 것은 일에 휘말리는 위험을,

감정을 표현하는 것은

자신의 진짜 모습을 드러내는 위험을 감수하는 일이다.

자신의 생각과 꿈을 사람들 앞에서 밝히는 것은

순진해 보이는 위험을 감수하는 일이다.

사랑하는 것은

그 사랑을 보상받지 못하는 위험을 감수하는 일이다.

사는 것은 죽는 위험을,

희망을 갖는 것은 절망하는 위험을,

시도하는 것은 실패하는 위험을 감수하는 일이다.

그러나 위험은 감수해야만 하는 것

삶에서 가장 큰 위험은 아무 위험도 감수하지 않는 것이

기에.

아무 위험도 감수하지 않는 사람은

아무것도 하지 않고

아무것도 갖지 못하고

아무것도 되지 못하므로.

고통과 슬픔은 피할 수 있을 것이나

배움을 얻을 수도, 느낄 수도, 변화할 수도,

성장하거나 사랑할 수도 없으므로.

확실한 것에만 묶여 있는 사람은

자유를 박탈당한 노예와 같다.

위험을 감수하는 사람만이 오직

진정으로 자유롭다.

자넷 랜드

의자는 내주지 말라

마음은 우주의 중심인
하나의 점과 같고,
마음의 다양한 상태는 이 점에 찾아와
잠시, 혹은 길게 머무는 방문객과 같다.

이 방문객들을 잘 알아야 한다.
그들은 그대가 자신들을 따르도록 유혹하기 위해
그들이 그린 생생한 그림을 보여 주고
매혹적인 이야기를 들려줄 것이다.

그것들에 익숙해지되,
그대의 의자는 내주지 말라.
의자는 그것 하나뿐이기 때문이다.

만약 그대가 의자를 계속 지키고 앉아
각각의 방문객이 올 때마다 반갑게 맞이하고
알아차림 속에 흔들림이 없으면,
만약 그대의 마음을 깨어 있는 자, 아는 자로 만들면

방문객들은 결국 다시 오지 않을 것이다.

그대가 그 방문객들에게 진정으로 주의를 기울인다면
그들이 몇 번이나 그대를 유혹할 수 있겠는가.

그들과 대화를 해 보라, 그러면
그들 하나하나를 잘 알게 될 것이니
마침내 그대의 마음은 평화로워질 것이다.

아잔 차, 〈고요한 숲속 연못〉 중에서

그 순간

오랜 세월 동안 당신이
고된 일들과 긴 항해 끝에
자신의 나라, 자신의 섬, 수만 평의 땅, 수백 평의 집,
그리고 자신의 방 한가운데 서서
마침내 자신이 어떻게 그곳까지 왔나를 돌아보며
이것은 내 소유야, 하고 말하는 순간,

그 순간 나무들은
당신을 감싸고 있던 부드러운 팔을 풀어 버리고
새들은 다정한 언어를 거두어들이고
절벽들은 갈라져 무너지고
공기는 파도처럼 당신에게서 물러나
당신은 숨조차 쉴 수 없게 될 것이다.

아니야, 하고 그들은 속삭인다.
넌 아무것도 소유할 수 없어,
넌 방문객일 뿐이었어, 매번
언덕에 올라가 깃발을 꽂고 자신의 것이라 선언하지만

우리는 한 번도 너의 소유였던 적이 없어,

넌 한 번도 우리를 발견한 적이 없어,

언제나 우리가 너를 발견하고 소유했지.

마거릿 애트우드

신과 나

신과 나는
작은 배에
함께 탄
두 명의 뚱보 같다.
우리는
끊임없이
서로 부딪치며
웃
는
다.

하피즈

하루에 얼마나 많은 일이 일어나는가

하루가 지나면 우리는 만날 것이다.
그러나 하루 만에 많은 일이 일어난다.
거리에서는 포도를 팔고
토마토는 껍질이 변한다.
그리고 당신이 좋아하던 소녀는
다시는 사무실로 돌아오지 않는다.

아무 예고 없이 우편배달부가 바뀐다.
이제 편지들은 더 이상 전과 같지 않다.

황금빛 잎사귀 몇 개로 나무는 다른 나무가 된다.
이 나무는 더 풍성해졌다.

오래된 껍질을 지닌 대지가 그토록 많이 변하리라고
누가 우리에게 말해 주었는가?
어제보다 더 많은 화산이 생겨나고
하늘은 새로 생겨난 구름들을 가지고 있으며
강물은 다른 방향으로 흐른다.

또 얼마나 많은 것들이 세워지는가!
나는 지금까지 수백 개의 도로와 건물들,
그리고 배나 바이올린 모양의
섬세하고 가느다란 다리들의
준공식에 참석했었다.

그러므로 내가 당신을 만나
당신의 꽃향기 나는 입술에 입맞출 때
우리의 입맞춤은 또 다른 입맞춤이고
우리의 입술은 또 다른 입술이리라.

그러니 사랑이여, 모든 것을 위해 건배하자,
추락하는 것과 꽃피는 모든 것을 위해 건배

어제를 위해 그리고 오늘을 위해 건배
지나간 날들과 다가올 날들을 위해 건배
빵과 돌을 위해 건배
불과 비를 위해 건배.

변화하고 태어나고 성장하고
소멸되었다가 다시 입맞춤으로 돌아오는 것들을 위해,
우리에게 주어진 공기와
우리가 살고 있는 대지를 위해 건배

우리의 삶이 시들어 가면
그때는 우리에게 뿌리만 남고
바람은 미움처럼 차갑겠지.

그때는 우리의 피부를,
손톱을, 피를, 시선을 바꾸자.
당신이 내게 입맞추면 나는 밖으로 나가
길에서 빛을 팔리라.

낮뿐 아니라 밤을 위해서도 건배
영혼의 사계절을 위해 건배.

파블로 네루다

흉터

흉터가 되라.
어떤 것을 살아 낸 것을
부끄러워하지 말라.

네이이라 와히드

무제

나는 가늠할 수조차 없다.

당신의 나무가

얼마나 높이

올라갈 수 있는지.

다른 누군가가

당신을 잘라 버리는 게 두려워

당신 스스로

꼭대기를 자르는 일을

멈추기만 한다면.

타일러 노트 그렉슨

산티아고 순례길

길이 나타났다가 사라진다. 언덕들은
네가 가야 할 길을 감추었다가 드러낸다.
길이 저 아래로 아득히 떨어지고, 너는 마치
희박한 공기 위를 걷는 것만 같다.
추락할지도 모른다고 생각하는 순간
길이 너를 받아 너의 발을 떠받쳐 준다.

네 앞에 놓인 길이 결국에는 언제나
네가 걸어야 할 길이었으며,
너를 너의 미래로 데려갈 길이었고,
너를 이 장소로 데려온 길이었다.
그 길이 때로는 네가 자신에게 한 약속을 무너뜨릴지라도
그 길이 도중에 너의 심장을 고통스럽게 할지라도.

너는 느낀다, 이 여행이 너 자신 깊은 곳에서 시작되어
하나의 깨달음 속으로 걸어 들어가는 것임을.
너 자신 안에 있기도 하고
너의 손길이 닿지 않는 먼 곳에 있기도 한

그 어떤 것을 위해 너는 위험을 무릅써 왔음을.
결국 네가 걸을 수 있는 유일한 길로
너를 다시 또다시 부른 그 무엇을 위해.

너는 남루한 사랑의 옷을 입고 걷는다. 밤이 되면
너의 목소리는 무사히 도착하기를 바라는 기도문이 된다.
그리하여 어느 날 너는 깨닫는다.
네가 원하던 것이 이미 오래전부터 그곳에 있었음을.
길을 떠나기 전에 네가 살던 그곳에.
길을 따라 네가 내딛는 걸음마다
너의 가슴, 너의 생각, 너의 기대가 줄곧 너와 함께했으니,
처음에 너로 하여금 여행을 시작하게 하고
너를 끌어당긴 것이 바로 그것들이었다.

이제 너는 안다.
네가 도달할 수 있는 그 어떤 목적지의 금박 입힌 지붕들
보다도
너 자신이 더 경이로운 존재임을.

왜냐하면 너는 길을 발견하려는 단순한 소망을 가지고 떠났기에.

너는 줄곧 마지막 종착지가 황금으로 된 탑들과
환호하는 군중이 있는 도시일 것이라 상상했었다.
하지만 길의 마지막 모퉁이를 돌았을 때
네가 발견하는 것은 그저 하나의 단순한 이해
지나온 길을 되돌아보는 너의 얼굴에 담긴 분명한 깨달음
그리고 또 다른 여행에의 초대장.

이 모든 것을 너는 한눈에 보리라.
네가 끝없이 찾아다닌 너 자신과 네가 있어야 할 장소를.
너에게 손짓하는 광활한 자유의 들판을.
또 다른 삶처럼 그렇게 계속 이어지는 길을.

데이비드 화이트

유네스코 세계문화유산으로 지정된 산티아고 순례길은 스페인과 프랑스 접경에 위치한 약 800킬로미터의 가톨릭 순례길이다. 신자뿐 아니라 전 세계 여행자 누구나 꿈꾸는 버킷리스트 중 하나이다.

살아 있다는 것

잎사귀와 풀잎 속 불이
너무 푸르다, 마치
여름마다 마지막 여름인 것처럼

바람 불어와, 햇빛 속에
전율하는 잎들, 마치
모든 날이 마지막 날인 것처럼

연약한 발과 긴 꼬리로
꿈꾸는 듯 움직이는
붉은색 도롱농

너무 잡기 쉽고, 너무 차가워
손을 펼쳐
놓아 준다, 마치

매 순간이 마지막 순간인 것처럼

드니스 레버토프

기쁨을 수호하라

전쟁터의 참호처럼 기쁨을 수호하라.
소문과 단조로운 일상으로부터
괴로움과 비참함으로부터
일시적인 결핍으로부터
그리고 바꿀 수 없는 것들로부터

하나의 원칙으로서 기쁨을 보호하라.
놀라운 일들과 악몽으로부터
무관심과 사소한 것들로부터
달콤한 죄로부터
심각한 진단으로부터

하나의 깃발처럼 기쁨을 방어하라.
눈멀게 하는 빛과 우울함으로부터
너무 순진한 사람과 악당으로부터
공허한 미사여구와 아픈 심장으로부터
속 좁은 생각과 학문적인 편견으로부터

운명처럼 기쁨을 보호하라.
불과 그 불을 꺼 주겠다는 사람들로부터
자신을 해치는 일과 타인을 해하는 일로부터
게으름과 의무의 부담으로부터
행복해야 한다는 의무감으로부터

하나의 확신으로서 기쁨을 지키라.
값나가는 것과 무가치한 것으로부터
시간이 쓸어 가는 것들로부터
덧없는 것과 기회주의로부터
가짜 웃음으로부터

하나의 권리로서 기쁨을 수호하라.
억압적인 신과 냉정한 겨울로부터
젠체하는 말과 죽음으로부터
힘 있는 사람들과 슬픔으로부터
운을 기대하는 것으로부터
그리고 기쁨 그 자체로부터도

마리오 베네데티

이 세상에 흥미롭지 않은 사람은 없다

이 세상에 흥미롭지 않은 사람은 없다.
각 사람의 운명은 행성의 역사와 같다.
그 자체로 특별하지 않은 행성은 없으며
어떤 두 개의 행성도 같지 않다.

만약 누군가가 눈에 띄지 않게 살면서
그 눈에 띄지 않음과 벗하며 지낸다면
그 눈에 띄지 않음 때문에
그는 사람들 가운데 매우 흥미롭다.

각각의 사람은 자신만의 비밀스러운 세계가 있다.
그 세계 안에는 각자 최고의 순간이 있다.
그 세계 안에는 각자 고뇌의 시간이 있다.
하지만 우리로서는 그 두 시간 모두 알 수 없다.

누구든 죽을 때 홀로 죽지 않는다.
그가 맞은 첫눈도 그와 함께 죽는다.
그의 첫 입맞춤, 그의 첫 싸움…….

모든 것을 그는 데리고 간다, 모두 함께.

그가 읽은 책들, 건너다닌 다리들은 남는다.
그림을 그린 캔버스와 자동차들도.
그렇다, 많은 것이 남게 되어 있다.
하지만 그럼에도 어떤 것은 정말로 우리를 떠난다.

그것이 이 가차 없는 유희의 규칙이다.
사람들이 죽는 것이 아니라 세계들이 죽는 것이다.
우리는 실수 많고 세속적으로 보이는 사람들을 기억한다.
하지만 그들에 대해 우리가 무엇을 알았는가.

형제와 친구에 대해 우리는 무엇을 아는가.
우리가 가장 사랑하는 사람에 대해서는 무엇을 아는가.
우리 자신의 아버지에 대해서는.
모든 걸 알지만 우리는 여전히 아무것도 모른다.

사람들이 떠나간다. 그들을 되돌아오게 할 길은 없다.

그들의 비밀스러운 세계는 되살릴 수 없다.

그리고 매번 나는 이 되불러 올 수 없음 때문에

외치고 싶어진다, 어떻게 너마저 잃을 수 있겠느냐고.

예브게니 옙투셴코

새와 나

나는 언제나 궁금했다.
세상 어느 곳으로도
날아갈 수 있으면서
새는 왜 항상
한곳에
머물러 있는 것일까.

그러다가 문득 나 자신에게도
같은 질문을 던진다.

하룬 야히아

아닌 것

당신의 나이는 당신이 아니다.
당신이 입는 옷의 크기도
몸무게와
머리 색깔도 당신이 아니다.

당신의 이름도
두 뺨의 보조개도 당신이 아니다.
당신은 당신이 읽은 모든 책이고
당신이 하는 모든 말이다.

당신은 아침의 잠긴 목소리이고
당신이 미처 감추지 못한 미소이다.
당신은 당신의 웃음 속 사랑스러움이고
당신이 흘린 모든 눈물이다.

당신이 철저히 혼자라는 걸 알 때
당신이 목청껏 부르는 노래
당신이 여행한 장소들

당신이 안식처라고 부르는 곳이 당신이다.

당신은 당신이 믿는 것들이고
당신이 사랑하는 사람들이며
당신 방에 걸린 사진들이고
당신이 꿈꾸는 미래이다.

당신은 많은 아름다운 것들로 이루어져 있지만
당신이 잊은 것 같다.
당신 아닌 그 모든 것들로
자신을 정의하기로 결정하는 순간에는.

에린 핸슨

끝까지 가라

무엇인가를 시도할 계획이라면
끝까지 가라.
그렇지 않으면 시작도 하지 마라.

만약 시도할 것이라면
끝까지 가라.
이것은 여자친구와 아내와 친척과 일자리를
잃을 수도 있음을 의미한다.
어쩌면 너의 마음까지도.

끝까지 가라.
이것은 3일이나 4일 동안
먹지 못할 수도 있음을 의미한다.
공원 벤치에 앉아 추위에 떨 수도 있고
감옥에 갇힐 수도 있음을 의미한다.
웃음거리가 되고
조롱당하고
고립될 수 있음을 의미한다.

고립은 선물이다.

다른 모든 것들은 네가 얼마나 진정으로

그것을 하길 원하는가에 대한

인내력 시험일 뿐.

너는 그것을 할 것이다,

거절과 최악의 상황에서도.

그리고 그것은 네가 상상할 수 있는

어떤 것보다 좋을 것이다.

만약 시도할 것이라면 끝까지 가라.

그것만 한 기분은 없다.

너는 혼자이지만 신들과 함께할 것이고,

밤은 불처럼 타오를 것이다.

하고, 하고, 하라.

또 하라.

끝까지,

끝까지 하라.

너는 마침내 너의 인생에 올라타
완벽한 웃음을 웃게 될 것이니,
그것이 세상에 존재하는
가장 멋진 싸움이다.

찰스 부코스키

뒤처진 새

철새 떼가, 남쪽에서

날아오며

도나우강을 건널 때면, 나는 기다린다

뒤처진 새를

그게 어떤 건지, 내가 안다

남들과 발맞출 수 없다는 것

어릴 적부터 내가 안다

뒤처진 새가 머리 위로 날아 떠나면

나는 그에게 내 힘을 보낸다

라이너 쿤체 (전영애, 박세인 역)

빛은 어떻게 오는가

빛이 어떻게 오는지
나는 말할 수 없다.

내가 아는 것은
우리가 상상하는 것보다
훨씬 오래되었다는 것.

우리에게 닿기 위해
놀라울 만큼 광대한 공간을 가로질러
여행해 왔다는 것.

나는 안다, 그 빛은
숨어 있는 것들을 찾아내는 일을
좋아한다는 걸.
잃어버린 것
잊어버린 것
혹은 위험에 처해 있거나
고통 속에 있는 것들을.

그 빛은 몸을 좋아하고
살을 향해 다가가는 걸 좋아하고
형태의 가장자리를
밝히는 걸 좋아한다.
눈을 통해
손을 통해
가슴을 통해
빛나는 걸 좋아한다.

빛이 어떻게 오는지
나는 말할 수 없다.
그러나 빛은 오고 있으며
언젠가는 오리라는 걸
나는 안다.
당신을 에워싸고 있는
가장 깊은 어둠 속으로
길을 내어 온다는 걸.
비록 오는 데 몇 세기가 걸리는 것

같아 보여도
혹은 당신이 예상하지 않았던
모습으로 도착할지 몰라도.

그래서 오늘
내가 그 빛을 향해
몸을 돌리게 되기를.
그 빛이 나를 찾을 수 있도록
내가 얼굴을 들게 되기를.
나를 열고,
더 많이 열게 되기를.

오고 있는
그 축복받은 빛에게.

얀 리처드슨

잎사귀 하나

잎사귀 하나, 바람에 날려
가지에서 떨어지며
나무에게 말하네.
'숲의 왕이여, 이제 가을이 와
나는 떨어져
당신에게서 멀어지네.'

나무가 대답하네.
'사랑하는 잎사귀여,
그것이 세상의 방식이라네.
왔다가 가는 것.'

숨을 쉴 때마다
그대를 창조한 이의 이름을 기억하라.
그대 또한 언제 바람에 떨어질지 알 수 없으니,
모든 호흡마다 그 순간을 살라.

까비르

탑승구 A4

내가 탈 비행기가 4시간 지연되었다는 걸 알고
앨버커키 공항 안을 돌아다니는데
안내 방송이 흘러나왔다.
'탑승구 A4 근처에 아랍어를 할 줄 아는 분이 계시면
지금 곧 탑승구 A4로 와 주시기 바랍니다.'

세상이 세상이니만큼 잠시 망설여졌다. A4는 내가 탈
탑승구였기에, 나는 그곳으로 갔다.

우리 할머니가 입으시던 것과 똑같은
팔레스타인 전통의 수놓은 옷을 입은 나이 든 여인이
바닥에 주저앉아 큰 소리로 울고 있었다.
항공사 직원이 말했다.
'도와주세요, 저분에게 물어봐 주세요, 무엇이 문제인지.
비행기가 지연되었다고 하자 저러시거든요.'

나는 몸을 굽혀 한쪽 팔로 여인을 감싸 안으며
더듬거리는 아랍어로 말했다.

'슈-다우-아, 슈-비드-우크 하빕티? 스타니 슈웨이,

민 파들리크, 슈-빗체-위?'

형편없는 실력이었지만, 자신이 아는 단어들을

듣는 순간 그녀는 울음을 그쳤다.

그녀는 자신이 탈 비행기가 완전히 취소된 줄 알고 있었다.

중요한 치료를 받으러 무슨 일이 있어도 다음 날

엘패소에 있어야만 했다. 내가 말했다.

'걱정하실 필요 없어요. 조금 늦어진 것뿐이지,

곧 엘패소에 가실 수 있어요. 공항에는

누가 마중 나와요? 그 사람에게 전화해 볼까요?'

우리는 그녀의 아들에게 전화해서, 내가 그와

영어로 얘기했다. 비행기를 탈 때까지 내가

그의 어머니와 함께 있을 것이며, 비행기 안에서도

옆자리에 앉을 것이라고.

그녀도 아들과 통화했다. 그런 뒤 우리는

그녀의 다른 아들들에게도 전화를 걸었다. 그저

재미 삼아. 그런 다음 나는 나의 아버지에게

전화를 걸었고,

아버지와 그녀는 얼마 동안 아랍어로 통화했다. 당연히

두 사람이 서로 아는 친구를 열 명이나 찾아냈다!

내친김에 내가 아는 몇몇 팔레스타인 시인에게 전화해

그녀와 통화하게 하지 못할 이유가 없었다.

그 모든 통화가 끝나는 데

두 시간 넘게 걸렸다.

이제 그녀의 얼굴에 웃음꽃이 만발했다.

자신의 삶을 들려주고, 내 무릎을 토닥이고

내 질문에 답을 해 주면서.

그녀는 문득 가방을 열어 집에서 직접 만든,

대추와 견과류를 안에 넣고 겉에 설탕 가루를 입힌,

둥근 모양의 잘 바스러지는 마물 쿠키가 든 봉지를 꺼내

탑승구에 있는 모든 여자에게 권했다.

놀랍게도 단 한 명도 거절하지 않았다. 마치 성당의

성찬식 같았다. 아르헨티나에서 온 여행자,

캘리포니아에서 온 엄마, 라레도에서 온 사랑스러운 여성

우리 모두 설탕 가루를 뒤집어썼다. 그리고
웃고 있었다. 이보다 더 좋은 과자는 세상에 없었다.

그리고 그때 항공사 측이 커다란 냉장 박스에서
사과주스를 꺼내 무상으로 제공해 주었고,
우리 비행기에 탈 어린 소녀 둘이 사람들에게 주스를
날라 주느라 바쁘게 뛰어다녔다.
소녀들 역시 설탕 가루 범벅이었다.
나는 줄곧, 새로 생긴 내 절친과 손을 잡고 있었는데,
그녀의 가방에서 화분에 심은,
초록색 잎에 솜털이 보송보송한
약용 식물 하나가 삐져나온 것이 보였다.
얼마나 오랜 시골 전통인가.
언제나 식물을 가지고 다닌다.
언제나 어디엔가 뿌리를 내리고 있다.

나는 탑승구 주위에 앉아 있는
기다림에 지친 사람들을 둘러보았다.

그리고 생각했다. 내가 살고 싶은 세상이

바로 이런 세상이라고. 함께하는 세상.

일단 혼란스러운 울음이 멎은 후에는

그 탑승구에 있는 사람들 중에

옆의 다른 사람에 대해 불안해하는

사람이 단 한 명도 없었다.

그들 모두 쿠키를 받아먹었다.

나는 다른 모든 여자들까지 안아 주고 싶었다.

이런 일은 아직 어디에서나 일어날 수 있다.

우리는 모든 것을 다 잃지는 않았다.

나오미 쉬하브 나이

팔레스타인 출신의 아버지와 미국인 어머니를 둔 시인

* 앨버커키 – 미국 남부 뉴멕시코주의 도시
* 엘패소 – 텍사스주 서쪽의 도시
* 마물 쿠키 – 종교적인 날 만들어 먹는, 중동 지역의 유명한 전통 과자

마지막 조각 글

그럼에도 너는

이 생에서 네가 얻고자 하는 것을 얻었는가?

그렇다.

무엇을 원했는가?

나 자신을 사랑받는 사람이라고 부르는 것.

이 지상에서 내가 사랑받는 존재라고 느끼는 것.

레이먼드 카버

그 손이 이 손들이다

맨 처음에 우리를 만지는 손이
이 손들이다.
당신 이마의 열을 재고
맥박을 세고
침상을 만들어 주는 손.

당신의 등을 두드려 주고
피부 반응을 살피고
팔을 잡아 주고
쓰레기통을 밀고 가고
전구를 갈고
수액량을 고정시키고
유리 물병의 물을 부어 주고
엉덩이를 바꿔 주는 손이
이 손들이다.

욕조에 물을 채워 주고
대걸레로 바닥을 닦고

스위치를 켜 주고

상처를 누그러뜨려 주고

탈지면을 소각시키고

따끔한 주사를 놓고

날카로운 기구들을 처리하고

검사 순서를 정해 주는 손.

소변줄 새는 걸 바로잡아 주고

침상 변기를 비워 주고

기도에 삽입한 관을 소독해 주고

산소통을 옮겨 주고

수술할 때 압박집게로 동맥을 움켜쥐고

깁스를 만들고

고통 완화제 복용량을 기록하고

그리고 마지막에 우리를 만지는 손이

이 손들이다.

마이클 로젠

NHS(영국 공공의료서비스) 창립 60주년을 맞아 의료진에게 헌정된 시

하지 않은 죄

당신이 하는 일이 문제가 아니다.
당신이 하지 않고 남겨 두는 일이 문제다.
해 질 무렵
당신의 마음을 아프게 하는 일이 그것이다.
잊어버린 부드러운 말
쓰지 않은 편지
보내지 않은 꽃
밤에 당신을 따라다니는 환영들이 그것이다.

당신이 치워 줄 수도 있었던
형제의 길에 놓인 돌
너무 바빠서 해 주지 못한
힘을 북돋아 주는 몇 마디 조언
당신 자신의 문제를 걱정하느라
시간이 없었거나 미처 생각할 겨를이 없었던
사랑이 담긴 손길
마음을 어루만지는 다정한 말투.

인생은 너무 짧고

슬픔은 모두 너무 크다.

너무 늦게까지 미루는

우리의 느린 연민을 눈감아 주기에는.

당신이 하는 일이 문제가 아니다.

당신이 하지 않고 남겨 두는 일이 문제다.

해 질 무렵

당신의 마음을 아프게 하는 일이 그것이다.

마거릿 생스터

모기

아버지가 손가락으로 은하수나 안드로메다나
플레이아데스 성단을 가리켜 보일 때면
나는 모기 소리에 대해 불평했다.
혹은 느린 여름 공기 속
하품만 나오는 달의 정적에 대해.

내가 원한 것은 오직
시원한 집 안으로 들어가 텔레비전을 보거나
손톱에 칠을 하는 것이었다.
열다섯 살짜리 여자아이가
참을성에 대해 얼마나 알겠는가.
달의 계곡들이 서서히 회전해
초점이 맞을 때까지 솟아오르는 것에 대해
무엇을 알았겠는가.

우리 집 진입로에 서서 아버지가
내게 보여 주고 싶은 작은 빛 덩어리를 찾는 동안
나는 연신 내 다리와 팔과 얼굴을 쳐야만 했다.

밤에 얼굴을 씻을 때면 피부에 붙어 있는 핏자국과
말라붙은 시체들을 발견하곤 했다.

아침 먹는 자리에서 나는 두 번 다시
별자리 찾기를 하지 않겠다고,
이제 숙제가 얼마나 많은지 아느냐고
아버지에게 불평했다.
다시는 모기 물린 자국 가득한 얼굴로는
학교에 갈 수 없다고.

하지만 지금은 그렇게 말할 수 없다.
아버지는 손자와 함께 별을 보러 갈 계획을 세웠고,
이번만큼은 나는 반대하지 않는다.
아버지는 계획이 있다.
나는 안다, 어느 날엔가는 아버지가
내게 물어보지 않으리라는 걸.

토성의 고리가 접안렌즈를 통해

황금빛으로 이글거리는 광경을
나에게 더 이상 보여 주지 않으리라는 걸.
아버지는 그곳에 없을 것이다.
맑은 밤에 보면 목성의 위성들이
어떻게 움직이는지 더 이상 보여 주지 않을 것이다.

어느 날 나는 밤하늘을 올려다보며
찾고 또 찾을 것이다.
그때도 모기들이 나를 물어뜯으리라는 걸
나는 안다.
아버지가 내 불평을 듣지 못하리라는 것도.

에이미 네주쿠마타틸

치유의 시간

마침내 긍정을 향해 가는 길에서
무수한 장소마다 부딪치며
내 삶에 대해 부정했네.
외면당한 상처들
붉은 빛 나는 자주색 흉터들
그 고통의 상형문자들이
내 피부와 뼛속까지 새겨져
그 암호화된 메시지들이
나를 다시 또다시
잘못된 길로 이끌었네.
지금 그 길을 돌아보며
오래된 상처, 오래된 방황을
하나하나 들어 올려
내 가슴에 대며
말하네. 신성하다,
신성하다고.

페샤 조이스 거틀러

매미

자신의 얼굴이 싫어서
자신의 피부가,
어둠이 지긋지긋해서
그는 자기 자신 밖으로 기어 나와
노래한다.
어떤 시인보다 훌륭하다.

호쇼 맥크리시

삶을 살지 않은 채로 죽지 않으리라

나는 삶을 살지 않은 채로 죽지 않으리라.

넘어지거나 불에 델까

두려워하며 살지는 않으리라.

나는 나의 날들을 살기로 선택할 것이다.

내 삶이 나를 더 많이 열게 하고,

스스로 덜 두려워하고

더 다가가기 쉽게 할 것이다.

날개가 되고

빛이 되고 약속이 될 때까지

가슴을 자유롭게 하리라.

세상이 나를 알아주지 않아도 상관하지 않으리라.

씨앗으로 내게 온 것은

꽃이 되어 다음 사람에게로 가고

꽃으로 내게 온 것은 열매로 나아가는

그런 삶을 선택하리라.

도나 마르코바

아버지가 돌아가신 다음 날 새벽 3시에 쓴 시

인생의 흉터들

사람들은 세상이 둥글다고 말하지만
나는 가끔씩 세상이 모나다고 생각한다.
우리는 여기저기 모서리에 부딪쳐
자잘한 상처를 너무 많이 입으니까.
하지만 내가 세상을 여행하면서 발견한
인생의 중요한 진실 하나는
정말로 상처를 주는 사람들은
우리가 가장 사랑하는 사람들이라는 것.

당신이 몹시 경멸하는 남자는
당신을 분노하게 만들 수 있다, 이것은 사실이다.
낯선 이들이 하는 행동으로 인해
당신 마음속에 불쾌감이 일어난다.
하지만 그것들은 잠시 괴롭히다 사라지는 병 같은 것.
모든 인생이 이 법칙을 증명한다.
우리를 아프게 하고 전율하게 만드는 상처는 모두
우리가 사랑하는 사람들이 준 것.

낯선 타인에게는 곧잘

최상의 옷, 가장 달콤한 품위를 내보이면서도

정작 우리 자신의 사람에게는

무신경한 표정, 찌푸린 얼굴을 보인다.

거의 알지 못하는 이들에게는 듣기 좋은 말을 하고

잠깐 만난 손님의 마음을 즐겁게 하면서도

정작 우리를 가장 사랑하는 사람들에게는

생각 없는 타격을 수없이 날린다.

사랑은 나무마다 다 자라지는 않는다.

진실한 가슴이라고 해마다 꽃이 피는 게 아니듯.

아, 무덤을 가로지른 상처만

바라보는 사람들이여.

하지만 슬픔을 견디고 나면 머지않아

모두에게 분명해지는 사실이 한 가지 있으니,

우리에게 고통을 주는 유일한 사람들은

바로 우리가 가장 사랑하는 사람들이라는 것.

엘라 휠러 윌콕스

호쿠사이가 말하기를

호쿠사이가 말하기를, 주의 깊게 보라.
그가 말하기를, 주의를 기울여 알아차리라.
그가 말하기를, 계속 바라보고 호기심을 간직하라.
그가 말하기를, 바라봄에는 끝이 없다.

그가 말하기를, 나이 들어 감을 기대하라.
그가 말하기를, 계속 변화하라,
그러면 자신의 진정한 모습에 더 가까이 갈 것이니.
길이 막히더라도 그것을 받아들이고
흥미가 있는 한 반복해서 하라.

그가 말하기를, 자신이 사랑하는 일을 계속해서 하라.
계속해서 기도하라.

그가 말하기를, 우리 모두는 어린아이이며
우리 모두는 오래된 존재
우리 모두는 한 몸
그가 말하기를, 우리 모두가 놀라서 겁을 먹었으니

우리 모두는 두려움을 안고
살아가는 법을 찾아야 한다.

그가 말하기를, 모든 것은 살아 있다.
조개껍질, 집, 인간, 물고기
산, 나무, 숲은 살아 있다.
물은 살아 있다.
모든 것은 자신만의 삶을 가지고 있다.
모든 것은 우리 안에 살아 있다.
그가 말하기를, 자신 안의 세상과 함께 살라.

그가 말하기를, 그림을 그리거나 책을 쓰는 것은 중요하지
않다.
숲을 보거나 물고기를 잡는 것은 중요하지 않다.
집에 앉아 마루의 개미를 보거나
뜰의 나무 그늘과 풀들을 바라보는 것은 중요하지 않다.
네가 그것들을 보살피는 것이 중요하다.
네가 그것들을 느끼는 것이 중요하다.

네가 그것들을 알아차리는 것이 중요하다.

삶이 너를 통해 살도록 하는 것이 중요하다.

삶이 너를 통해 사는 것이 자족이다.

삶이 너를 통해 사는 것이 기쁨이다.

삶이 너를 통해 사는 것이

만족이며 강함이다.

그는 말하기를, 두려워하지 말라.

겁내지 말라.

사랑하고, 느끼고, 삶이 너의 손을 잡게 하라.

삶이 너를 통해 살게 하라.

로저 키이스

시 속의 호쿠사이(1760~1849)는 일본 에도시대의 대표적인 화가. 판화가.
목판화 '후지산의 36가지 모습'으로 유명하다.

왜 신경 쓰는가

왜냐하면 지금 저곳에
너의 위로의 말이
정확히 들어맞는
상처를 지닌
누군가가 있기 때문.

션 토머스 도허티

나는 배웠다

나는 배웠다,
어떤 일이 일어나도
그것이 오늘 아무리 안 좋아 보여도
삶은 계속된다는 것을.
내일이면 더 나아진다는 것을.

나는 배웠다,
궂은 날과 잃어버린 가방과 엉킨 크리스마스트리 전구
이 세 가지에 대처하는 방식을 보면
그 사람에 대해 많은 걸 알 수 있다는 것을.

나는 배웠다,
당신과 부모와의 관계가 어떠하든
그들이 당신 삶에서 떠나갔을 때
그들을 그리워하게 되리라는 것을.

나는 배웠다,
생계를 유지하는 것과

삶을 살아가는 것은 같지 않다는 것을.

나는 배웠다,
삶은 때로 두 번째 기회를 준다는 것을.

나는 배웠다,
양쪽 손에 포수 글러브를 끼고 살면 안 된다는 것을.
무엇인가를 다시 던져 줄 수 있어야 한다는 것을.

나는 배웠다,
내가 열린 마음을 갖고 무엇인가를 결정할 때
대개 올바른 결정을 내린다는 것을.

나는 배웠다,
나에게 고통이 있을 때에도
내가 그 고통이 될 필요는 없다는 것을.

나는 배웠다,

날마다 손을 뻗어 누군가와 접촉해야 한다는 것을.
사람들은 따뜻한 포옹,
혹은 그저 다정히 등을 두드려 주는 것도
좋아한다는 것을.

나는 배웠다,
내가 여전히 배워야 할 게 많다는 것을.

나는 배웠다,
사람들은 당신이 한 말, 당신이 한 행동은 잊지만
당신이 그들에게 어떻게 느끼게 했는가는
결코 잊지 않는다는 것을.

마야 안젤루

가장 나쁜 일

그들은 우리를 붙잡아
감옥 안에 던져 넣었다.
벽 안에 있는 나
벽 밖에 있는 너
하지만 이것은 아무것도 아니다.
가장 나쁜 일은
알면서
혹은 모르면서
자기 안에 감옥을 품고 사는 것이다.
사람들 대부분이
그렇게 살고 있다.
정직하고
열심히 일하고
착한 사람들이.
내가 너를 사랑하는 것처럼
사랑받을 자격이 있는 사람들이.

나짐 히크메트, 〈피라예를 위한 저녁 9시에서 10시 사이의 시〉 중에서

산다

산다는 것
지금 살아 있다는 것
그것은 목이 마르다는 것
나뭇잎 사이로 햇살이 눈부시다는 것
문득 어떤 곡조를 떠올린다는 것
재채기를 한다는 것
당신의 손을 잡는다는 것

산다는 것
지금 살아 있다는 것
그것은 짧은 치마
그것은 둥근 천장에 별들의 운행을 비춰 보는 것
그것은 요한 스트라우스
그것은 피카소
그것은 알프스
모든 아름다운 것들을 만난다는 것
그리고
감춰진 악을 주의 깊게 거부하는 것

산다는 것

지금 살아 있다는 것

울 수 있다는 것

웃을 수 있다는 것

화낼 수 있다는 것

자유롭다는 것

산다는 것

지금 살아 있다는 것

지금 멀리서 개가 짖고 있다는 것

지금 지구가 돌고 있다는 것

지금 어디선가 신생아의 울음소리가 커진다는 것

지금 어디선가 군인이 부상을 입는다는 것

지금 그네가 흔들리고 있다는 것

지금 이 순간이 지나가고 있다는 것

산다는 것

지금 살아 있다는 것

새는 날갯짓한다는 것
바다는 아우성친다는 것
달팽이는 기어간다는 것
사람은 사랑한다는 것
당신 손의 온기
생명이라는 것

다니카와 슌타로

흐르는

강이 흐르듯이
살고 싶다.
자신이 펼쳐 나가는
놀라움에 이끌려
흘러가는.

존 오도나휴

역설

처음 침묵 속에 앉아 있으려 할 때
그토록 많은 마음속 소음과 만나게 되는 것은 역설이다.
고통의 경험이 고통을 초월하게 하는 것은 역설이다.
고요함에 머무는 것이 오히려 충만한 삶과
존재로 이끄는 것은 역설이다.

우리의 마음은 역설을 좋아하지 않는다.
우리는 일들이 분명하기를 원한다.
안전이라는 환상을 유지할 수 있도록.
분명함은 커다란 자기만족을 안겨 주기에.

하지만 우리 각자에게는 역설을 사랑하는
존재의 더 깊은 차원이 있다. 겨울 한가운데에 이미
여름의 씨앗이 자라고 있음을 아는.
우리가 태어나는 순간부터 죽기 시작한다는 것을 아는.

삶의 모든 것이 밝았다 어두웠다 하면서
무엇인가로 되어 간다는 것을 아는.

어둠과 빛이 늘 함께 있으며
보이는 것은 보이지 않는 것과 맞물려 있음을 아는.

고요함 속에 앉아 있을 때 우리는 더없이 깨어난다.
마음이 침묵할 때 우리의 귀는 존재의 함성을 듣는다.
본래의 자기 자신과 하나 됨을 통해
우리는 모든 것과 하나가 된다.

거닐라 노리스

너를 안아도 될까?

너를 안아도 될까?
네가 다 자라기 전에 한 번 더.
그리고 너를 사랑한다고 말해도 될까?
네가 언제나 알 수 있게.

너의 신발끈을 한 번 더 내가 묶게 해 줘.
언젠가는 너 스스로 묶겠지.
그리고 네가 이 시기를 회상할 때
내가 보여 준 사랑을 떠올리기를.

네가 옷 입는 걸 도와줘도 될까?
내가 너의 고기를 잘라 줘도 될까?
네가 탄 수레를 끌어도 될까?
내가 선물을 골라 줘도 될까?

어느 날, 네가 나를 보살필 수도 있겠지.
그러니까 지금은 내가 널 보살피게 해 줘.
나는 네가 하는 모든 작은 일들의

일부가 되고 싶어.

오늘 밤 내가 너의 머리를 감겨 줘도 될까?
욕조에 장난감을 넣어도 될까?
너의 작은 열 개 발가락을 세는 걸 도와줘도 될까?
너에게 수학을 가르쳐 주기 전에.

네가 야구 팀에 들어가기 전에
너에게 한 번 더 공을 던져 줘도 될까?
그리고 한 번 더 너의 곁에 서도 될까.
네가 넘어지지 않게?

우리 한 번 더 우주선을 타자.
주르라는 행성까지.
골판지로 만든 우리의 로켓이
더 이상 우리 몸집에 맞지 않을 때까지.

네가 산을 오르는 걸 도와주게 해 줘.

등산하기에는 네가 아직 너무 작을 동안만.
너에게 이야기책을 읽어 주게 해 줘.
네가 어리고, 아직 시간이 있을 동안.

나는 그날이 올 걸 안다.
네가 이 모든 일들을 혼자서 할 날이.
네가 기억할까. 내 어깨에 목말 탔던 걸?
우리가 던진 모든 공들을?

그러니까 내가 널 안아도 될까?
언젠가 너는 혼자서 걷겠지.
나는 하루라도 놓치고 싶지 않다.
지금부터, 네가 다 자랐을 때까지.

브래드 앤더슨

나무들

나무들이 잎을 꺼내고 있다,
무언가 말하려는 듯이.
새로 난 싹들이 긴장을 풀고 퍼져 나간다.
그 푸르름에 어딘지 모르게 슬픔이 있다.

나무들은 다시 태어나는데
우리는 늙기 때문일까? 아니다, 나무들도 죽는다.
해마다 새로워 보이는 비결은
나무의 나이테에 적혀 있다.

여전히 매년 오월이면 있는 힘껏
무성해진 숲은 끊임없이 살랑거린다.
작년은 죽었다고 나무들은 말하는 듯하다,
새롭게 시작하라고. 새롭게, 새롭게.

필립 라킨

혼돈을 사랑하라

세상이 가르쳐 준
모든 규칙을 잊으라.
너 자신의 세계를 창조하고
너 자신의 언어를 정의하라.
너의 혼돈을 억압하는 대신
사랑해야 한다.
만약 너의 혼돈을 사랑한다면
이 세상은 해답을 주지 못할 것이다.
해답은 네 안에 있다는 걸 발견하게 될 것이다.
너의 가장자리를 두려워하지 말라.
누군가가 너를 이해할 수 없다고 하면
그에게 말하라.
'나의 혼돈을 사랑하라'고.
너의 혼돈에 질서를 주입하려고 하는
세상에 반역하라.
네가 존재한다는 것을 알리기 위해
세상을 힘껏 두드려야 한다.
두려움은 단지

아직 풀리지 않은 의문에 불과할 뿐,

네가 해답에 다가갈수록 우주는

너와 놀이를 하며

너로 하여금 질문을 잊게 할 것이다.

너 자신이 되라.

남들이 원하는 사람이 되면

정복당할 것이니,

너의 혼돈을 사랑하라.

너의 다름을 사랑하라.

너를 다르게 만드는 것

사람들이 너에 대해 이해하지 못하는 것

사람들이 너에게 바뀌기를 원하는 것

너를 유일한 존재로 만드는

그것을 사랑하라.

알베르트 에스피노사, 소설 『푸른 세계』 중에서

나만의 생

그들은 꽃이게 하라.

사람들이 물 주고 거름 주고 보호하고 찬사를 보내지만

한낱 흙화분에 갇힌 운명이게 하라.

나는 차라리 못생기고 자신만만한 잡초가 되리라.

독수리처럼 절벽에 매달려

높고 험한 바위들 위에서 바람에 흔들리리라.

돌을 깨고 나와

광활하고 영원한 하늘의 광기와 마주하며 살리라.

시간의 산맥 너머로, 혹은 불가사의한 심연 속으로

내 영혼, 내 씨앗을 날라다 주는

고대의 바닷바람에 흔들리리라.

비옥한 골짜기에 무리 지어 자라며

찬사를 받고 길러지다가

결국은 탐욕스런 인간의 손에 뽑혀 버리는

좋은 향기가 나는 꽃이기보다는

차라리 모두가 피하거나

눈에 띄지 않는 잡초가 되리라.

감미롭고 향기로운 라일락이 되기보다

차라리 강렬한 초록풀 내음을 풍기리라.
강하고 자유롭게 홀로 설 수만 있다면
차라리 못생기고 자신만만한 잡초가 되리라.

훌리오 노보아 폴란코

날개

그토록

높은 곳에서

그렇게

오래

떨어지고

추락했으니,

어쩌면

나는

나는 법을

배울

충분한 시간을

갖게 될지도.

베라 파블로바

게슈탈트 기도문

나는 나의 일을 하고
너는 너의 일을 한다.

나는 너의 기대에 부응하기 위해
이 세상에 있는 것이 아니다.

너는 나의 기대에 따르기 위해
이 세상에 존재하는 것이 아니다.

너는 너
나는 나

만약 우연히 우리가 서로를 발견하게 된다면
그것은 아름다운 일
만약 서로 만나지 못한다고 해도
그것은 어쩔 수 없는 일.

프리츠 펄스

네가 있는 곳에 도달하기 위해서는

네가 있는 곳에 도달하고
네가 없는 곳으로부터 벗어나기 위해서는
기쁨이 없는 길을 통과할 수 있어야 한다.
네가 모르는 것에 이르기 위해서는
무지의 길을 지나가야만 한다.
네가 갖지 못한 것을 갖기 위해서는
무소유의 길을 걸어가야만 한다.
너 자신이 아닌 것에 가닿기 위해서는
네가 아닌 길로 가야만 한다.
네가 모르는 것이 네가 아는 유일한 것이고
네가 소유하고 있는 것은 네가 소유하지 않은 것이며
네가 있는 곳은 네가 없는 곳이다.

조용히 기다려라.
그리고 희망 없이 기다려라.
왜냐하면 희망은 잘못된 것에 대한
희망일 것이기 때문이다.
사랑 없이 기다려라.

왜냐하면 사랑은

잘못된 것을 얻기 위한

사랑일 것이기 때문이다.

진정한 믿음과 진정한 사랑과 진정한 희망은

바로 기다림 속에 있다.

모두 괜찮아질 것이고,

모든 것이 괜찮아질 것이다.

T. S. 엘리엇, 장시 〈네 개의 사중주〉 중에서

그녀는 내려놓았다

그녀는 내려놓았다.
생각하지 않고, 말하지 않고, 그저 내려놓았다.

그녀는 두려움을 내려놓았다.
판단을 내려놓았다.
머리 주위에 무리 지어 모여드는 선택들의 합류 지점을 내려놓았다.
자신 안의 망설임 위원회를 내려놓았다.
모든 옳아 보이는 이유들을 내려놓았다.
전적으로 그리고 완전히,
머뭇거림 없이, 걱정 없이 내려놓았다.

누구에게 조언을 구하지도 않았다.
내려놓음에 대한 책을 읽지도 않았다.
경전을 찾아 읽지도 않았다.

그녀는 그냥 내려놓았다.
자신을 주저하게 하는 기억들을 내려놓았다.

앞으로 나아가는 걸 가로막는 모든 불안을 내려놓았다.
계획 세우는 일과 그것을 완벽하게 실천하기 위한
모든 계산을 내려놓았다.

그녀는 내려놓겠다고 약속하지 않았다.
그것에 대해 일기를 쓰지도 않았다.
일정표에 예정일을 적어 놓지도 않았다.
공개적으로 선언하거나 신문에 광고를 싣지 않았다.
내려놓기 위해 일기예보를 확인하거나
오늘의 운세를 읽지 않았다.

그녀는 그냥 내려놓았다.
내려놓아야 할지 분석하지 않았다.
그 문제를 의논하기 위해 친구들을 부르지 않았다.
다섯 단계 영적 치료 과정을 수료하지도 않았다.
기도문이나 만트라를 외지도 않았다.
그녀는 한마디도 하지 않았다.
그냥 내려놓았다.

그 일이 일어났을 때 주위에 아무도 없었다.

박수도 축하도 없었다.

누구도 그녀에게 고마워하거나 칭찬하지 않았다.

누구도 아무것도 알아차리지 못했다.

나무에서 떨어지는 잎사귀처럼 그녀는 그저 내려놓았다.

아무 노력도 없었다.

아무 몸부림도 없었다.

그것은 좋지도 않았고, 나쁘지도 않았다.

그것은 그저 그것일 뿐이었고, 단지 그러할 뿐.

내려놓음의 공간 안에서 그녀는 모든 것을

순리에 맡겼다.

작은 미소가 그녀의 얼굴에 떠올랐다.

가벼운 바람이 그녀를 스치고 지나갔다.

그리고 태양과 달이 영원히 빛났다.

새파이어 로즈

왜 목재 트럭 운전사는 선승보다 일찍 일어나는가

높은 운전석에 앉아서
동트기 전 어스름 속

광나게 닦인 바퀴 휠이 번뜩인다.
빛나는 배출 가스 연소탑은
열을 받아 헐떡거리며
타일러 비탈길을 올라가
푸어맨 샛강 위쪽 벌목장으로 간다.
수십 킬로미터 먼짓길.

다른 삶은 없다.

게리 스나이더

비트 세대의 대표적 시인인 스나이더는 불교철학에 관심이 깊어 일본의 절과 미국에서 참선 수행을 했다.

더 느리게 춤추라

회전목마 타는 아이들을
바라본 적 있는가.
아니면 땅바닥에 떨어지는 빗방울 소리에
귀 기울인 적 있는가.

펄럭이며 날아가는 나비를 뒤따라간 적은,
저물어 가는 태양빛을 지켜본 적은.

속도를 늦추라.
너무 빨리 춤추지 말라.
시간은 짧고,
음악은 머지않아 끝날 테니.

하루하루를 바쁘게 뛰어다니는가.
누군가에게 인사를 하고서도
대답조차 듣지 못할 만큼.
하루가 끝나 잠자리에 누워서도
앞으로 할 백 가지 일들이

머릿속을 달려가는가.

속도를 늦추라.
너무 빨리 춤추지 말라.
시간은 짧고,
음악은 머지않아 끝날 테니.

아이에게 말한 적 있는가,
내일로 미루자고.
그토록 바쁜 움직임 속에
아이의 슬픈 얼굴은 보지 못했는가.

어딘가에 이르기 위해 그토록 서둘러 달려갈 때
그곳으로 가는 즐거움의 절반을 놓치는 것이다.
걱정과 조바심으로 보낸 하루는
포장도 뜯지 않은 채 버려지는 선물과 같다.

삶은 달리기 경주가 아니다.

속도를 늦추고,

음악에 귀 기울이라.

노래가 끝나기 전에.

데이비드 L. 웨더포드

아동심리학자이며 작가인 웨더포드가 신장병 치료를 받던 중 신장 이식
수술에 실패하고, 순간순간의 소중함을 느껴서 쓴 시

고양이는 옳다

날마다 고양이는 무엇을 기억하는가?
추위를 피해 안으로 들어가는 길,
가장 따뜻한 지점과
먹을 것이 있는 위치를 기억한다.
고통을 안겨 주는 장소와 적들,
애를 태우는 새들,
흙이 뿜어내는 온기와
모래의 쓸모 있음을.
마룻바닥의 삐걱거림과 사람의 발자국 소리,
생선의 맛과 우유 핥아먹는 기쁨을 기억한다.
고양이는 하루의 본질적인 것을 기억한다.
그밖의 기억들은 모두 무가치한 것으로 여겨
마음속에서 내보낸다.
그래서 고양이는 우리보다 더 깊이 잔다.
너무 많은 비본질적인 것들을 기억하면서
심장에 금이 가는 우리들보다.

브라이언 패튼
이 시의 원제는 〈비본질적인 것들〉

산다는 것에 대해

1

산다는 것은 농담이 아니다.
진심을 다해 살지 않으면 안 된다.
예를 들어, 한 마리 다람쥐처럼
사는 일 외에는 아무것도 기대하지 않을 만큼
사는 일이 가장 중요한 일이 될 만큼.

산다는 것은 농담이 아니다.
진심을 다해 삶에 다가가지 않으면 안 된다.
예를 들어, 두 손이 뒤로 묶이고
등은 벽에 밀쳐진 것처럼 절실하게,
  혹은 흰옷과 보호안경을 걸치고 어느 실험실 같은 곳에
들어가
  아무도 그 일을 강요하지 않았는데도
  전에 한 번도 만난 적 없고 얼굴도 모르는
  그 누군가를 위해 목숨을 바쳐야 하는 것처럼 절실하게.
  비록 살아 있는 일이 가장 사실적이고

가장 아름다운 것임을 잘 알면서도.

진심을 다해 살지 않으면 안 된다.
예를 들어, 일흔 살이 되었어도 올리브 나무를 심을 만큼.
후손을 위해서가 아니라
죽음을 두려워하긴 하지만 죽음을 믿지 않기 때문에
살아 있다는 것이 죽음보다 더 소중한 일이기 때문에.

2

가령 지금 심각한 병에 걸려 수술을 받아야 하는데
그 흰 침대에서 다시 못 일어나게 될지 모른다 해도,
다소 이른 떠남을 생각하면 슬프지 않을 수 없다 해도
그래도 재미있는 농담을 들으면 여전히 웃을 것이고
비가 내리는지 창밖을 볼 것이고
가장 최근의 뉴스를
여전히 궁금해하지 않겠는가.

가령 우리가 지금 싸울 가치가 있는 무엇인가를 위해
최전선에 있는데
전투의 첫날, 그 첫 번째 일격으로
얼굴을 땅에 파묻고 그대로 쓰러질지도 모른다.
하지만 죽어 가면서도 우리는 분노와 호기심 속에
궁금해하지 않겠는가.
몇 년 동안 끌어질지도 모르는 그 전쟁의 결말이.

가령 감옥에 갇혔는데
나이가 쉰 살 가까이 되었다 해도,
게다가 철문이 열려 자유롭게 될 때까지
아직 18년을 더 갇혀 있어야 한다고 해도,
그렇다 해도 우리는 바깥 세상과 함께 숨 쉬지 않겠는가.
세상 속 사람들, 동물들, 문제들, 그리고 얼굴에 부는 바람
과 함께.
그러니까, 감옥 벽 너머에서 펼쳐지는 세상과 함께.

그러니까, 자신이 지금 어떤 상황에 놓여 있든

어디에 있든

마치 죽음이 존재하지 않는 듯 살아야 하지 않겠는가.

나짐 히크메트, 〈산다는 것에 대해〉 중에서
독재 정치에 저항했다는 이유로 생애 대부분을 감옥에서 보낸 시인
히크메트가 같은 형무소에 있다가 다른 곳으로 이감된 젊은 동지에게
옥중에서 보낸 시 형식의 편지글

연필

이 연필 안에는
한 번도 씌어지지 않은 단어들이
웅크리고 있다.
한 번도 말해진 적 없고
한 번도 가르쳐진 적 없는 단어들이.

그것들은 숨어 있다.

그곳 까만 어둠 속에 깨어 있으면서
우리가 하는 말을 듣는다.
하지만 밖으로는 나오지 않는다.
사랑을 위해서도, 시간을 위해서도, 불을 위해서도.

연필심의 어둠이 다 닳아 없어져도
그 단어들은 여전히 그곳에 있을 것이다.
공기 중에 숨어서.
앞으로 많은 사람이 그 단어들을 연습하고
그 단어들을 호흡하겠지만

누구도 더 지혜로워지지는 않는다.

무슨 문자이길래 그토록 꺼내기 어려울까.
무슨 언어일까.
내가 그 언어를 알아차리고
이해할 수 있을까.
모든 것들의 진정한 이름을 알기 위해.

어쩌면 많지 않을지도 모른다.
진정한 이름을 위한 단어는.
오직 한 단어일지도.
그리고 그것이 우리에게 필요한 전부일지도.
그것이 여기 이 연필 안에 있다.

세상의 모든 연필이 이와 같다.

W. S. 머윈
이 시의 원제는 〈아직 씌어지지 않은 것〉

사물들의 경이로운 진실

사물들의 경이로운 진실,
그것이 내가 날마다 발견하는 것이다.
모든 것은 있는 그대로의 그것이다.
이 사실이 나를 얼마나 기쁘게 하는지
누군가에게 설명하기는 어렵다.
나에게는 그것만으로도 충분하다는 것을.

완전해지기 위해서는 존재하는 것만으로도 충분하다.

지금까지 나는 적지 않은 시를 썼다.
물론 앞으로도 더 많이 쓸 것이다.
내가 쓴 모든 시가 그 한 가지를 말하지만
각각의 시마다 다르다.
존재하는 것은 저마다 다른 방식으로 그것을 말하기에.

가끔 나는 돌 하나를 바라본다.
돌이 느낌을 가지고 있는지 생각하지는 않는다.
돌을 나의 누이라고 부르며 시간을 낭비하지도 않는다.

대신 나는 그것이 하나의 돌로 존재해서 기쁘다.

그것이 아무것도 느끼지 않아서 좋다.

그것이 나와 아무 관계도 아니어서 좋다.

때로는 바람이 부는 소리를 듣는다.

그리고 느낀다, 바람 부는 소리를 듣는 것만으로도

태어난 가치가 있구나.

페르난도 페소아, 〈사물들의 경이로운 진실〉 중에서

조상 혈통 찾기 유전자 검사

내가 의심했던 대로, 나의 고조할아버지는
모나크왕나비였다.
지금의 나를 구성하는 많은 부분은 여전히
돌 밑에서 꿈틀거리고 있다.
나의 일부는 애벌레이지만, 다른 일부는 벌새이다.
내 골수에는 공룡 퇴적층이 담겨 있다.

내 금발은 팔레스타인 초원에서 솟아 나왔다.
몽골제국의 칭기즈칸은 4대까지 거슬러 올라가면 나와 사
촌지간이지만
나는 그의 보조개를 얻지는 못했다.
내 엉덩이 살은 스리랑카의 바니안나무 씨앗으로 가득하
지만
나의 삼촌은 원시 코끼리이다.
내 침 속에는 백인의 흔적이 들어 있다.
37억 년 전에 나는 황금색 별들의 먼지 속에서 소용돌이
쳤다.
더 최근인, 기원전 6만 년 전을 말하자면

나는 털북숭이 발로 대륙 연결 다리를 건너
스웨덴에서 아프리카 남부 보츠와나까지 걸어갔다.
나는 해와 달의 사생아이다.
나는 이제 더 이상 빗방울과 퓨마 배설물의 유산을 숨길
수 없다.
나는 당신 할머니의 눈물로 만들어졌다.

당신은 당신과 같은 피부색의 경쟁 부족을 정복했고,
그들을 함께 묶어 벌거벗은 채로 해안을 걷게 했으며,
그들을 대평원에 노예로 팔았다.
나는 당신이 판 형제였으며, 그 노예상이었고,
그 쇠사슬이었다.

이것을 인정하라, 당신에게는 날개가 있다.
황금빛의 거대한.
나처럼, 내가 그런 것처럼.
당신은 검고 짭짤한 땀이 있다.
나처럼, 내가 그런 것처럼.

당신은 당신의 핏속에서 무언으로 노래하는
비밀들이 있다.
나처럼, 내가 그런 것처럼.

지구가 한 가족이 아닌 척하지 말라.
우리가 같은 나뭇가지에 매달린 적 없는 척하지 말라.
우리가 서로의 숨결에 의지해 익은 적 없는 척하지 말라.
우리가 서로 용서하기 위해 이곳에 온 것이 아닌 척하지
말라.

알프레드 K. 라모트

*모나크왕나비 – 펼친 날개가 10센티미터에 달하는 오렌지색과 흑색
나비로, 철새처럼 멕시코에서 캐나다 북동부까지 거대한 거리를
이동했다가 다시 돌아간다.

내 인생 최악의 날에

내 인생 최악의 날
할 수 있는 일이 아무것도 없고
눈물마저 고갈되어
내 몸이 바싹 마른 물항아리처럼
텅 비었을 때
나는 밖으로 나가
레몬 나무 옆에 섰다.
그리고 엄지손가락으로
잎사귀 하나의 먼지를
문질러 주었다.
그런 다음 그 서늘하면서도 윤기 나는
잎을 뺨에 대었을 때
소스라치게 놀란
그 강렬한 생의 향기!

엘렌 바스

비 내리는 아침

휠체어에 탄 젊은 여성이
빗방울 잔뜩 튄 검은색 비닐 우비를 입고
몸을 밀어젖히며 아침을 가로지른다.
당신은 본 적 있을 것이다.
피아니스트가 때때로 몸을 앞으로 기울여
건반을 두드린 후에
두 손을 들어 뒤로 물러나 잠시 멈췄다가
화음이 사라지려고 하는 순간
다시 몸을 숙여 건반을 두드리는 것을.
이 여성이 나아가는 방식이 그러하다.
휠체어 바퀴를 힘껏 민 다음
길고 흰 손가락들을 들어
잠시 공중에 떠 있게 하다가
휠체어 속도가 마치 침묵 속으로 잠길 듯 느려지려고 하
는 순간
다시 몸을 숙여 힘껏 바퀴를 민다.
그렇게 전문가다운 실력으로 그녀는
자신이 통달한 이 어려운 음악의

화음을 연주한다.

그 집중하는 모습이 아름다운, 비에 젖은 얼굴.

바람이 비의 악보를 넘기는 동안.

테드 쿠저

나는 걷는다

나는 걷는다.

나는 넘어진다.

나는 일어난다.

그러는 동안

나는 계속 춤춘다.

랍비 힐렐
기원전 1세기 예루살렘의 유대교 성직자이며 현자이고 학자

최고의 노래

모든 노래 중에서
최고의 노래는
고요 속에서 들리는
새소리.
하지만 먼저
그 고요를 들어야 한다.

웬델 베리

희망

그것은 불이 켜지기 전에
어두운 구석에서 서성인다.
그것은 눈에서 잠을 떨치고 깨어 있으며,
그것은 버섯 안쪽의 주름에서 뛰어내린다.
그것은 현자로 변한 민들레의
머리에서 폭발하는 홀씨들의 별이다.
그것은 단풍나무 꼭대기에서 회전하며 출항하는
녹색 천사의 날개에 올라탄다.

그것은 많은 눈을 가진 감자의
오목하게 막힌 각각의 눈에서 싹튼다.
그것은 삽과 호미의 잔인함을 견뎌 낸
지렁이 마디마디에 살아 있다.
그것은 개가 꼬리를 흔드는 동작에 담겨 있다.
그것은 첫 공기를 들이마셔 폐를 부풀리는
갓 태어난 아기의 입이다.

그것은 우리가 우리 자신 안에서 파괴할 수 없는

고유한 선물이다.

죽음을 반박하는 논리이며,

미래를 발명하는 천재성이고,

우리를 신에게 가까이 데려가는 모든 것이다.

그것은 우리가 서로를 저버리지 않도록

우리를 약속하게 하는 치료제이다.

그리고 그것은, 그것에 대해 말하려고 애쓰는

이 시 속에 담겨 있다.

리젤 뮬러

고요한 세상

사람들로 하여금 서로의 눈을
더 많이 들여다보게 하고
또 침묵을 달래 주기 위해
정부는 한 사람당 하루에
정확히 백예순일곱 단어만 말하도록
법을 정했다.

전화가 울리면 나는 '여보세요'라는 말 없이
가만히 수화기를 귀에 댄다.
음식점에서는
치킨 누들 수프를 손가락으로 가리킨다.
나는 새로운 방식에 잘 적응하고 있다.

밤 늦게 나는
멀리 있는 연인에게 전화를 걸어
자랑스럽게 말한다.
오늘 쉰아홉 개의 단어만 썼으며
나머지는 당신을 위해 남겨 두었다고.

그녀가 아무 대답도 하지 않으면

나는 그녀가 자신의 단어를 다 써 버렸음을 안다.

그러면 나는 '사랑해' 하고 천천히 속삭인다.

서른두 번 하고 3분의 1만큼.

그 후에 우리는 그냥 전화기를 들고 앉아

서로의 숨소리에 귀 기울인다.

제프리 맥다니엘

어느 묘비명에 적힌 시

살아 있는 인간이여,
그대는 자신의 운명을 슬퍼하면서
자신이 얻지 못한 것,
돈과 아름다움과 사랑 따위를 갈망하며
그대를 뒤덮은 거친 하늘을 보면서 사느니
차라리 썩어 버린 주검이 되는 게
더 축복이라고 생각한다.

모든 축복받지 못한 비참한 영혼 중에서
그대 자신이 가장 비참하다 여겨
죽어서 편히 쉬기를 갈망한다.

하지만 이것을 알라.
그 운명이 아무리
내 상태를 부러워할 만큼
암울한 것이라 하더라도

여기, 기꺼이 자신의 운명을 벗어던지고

그대의 운명을 짊어질 사람이 누워 있으니,

그대의 외투를 내게 주고,

그대는 내 것을 입으라.

에드나 세인트 빈센트 밀레이

좋은 뼈대

인생은 짧다, 비록 내 아이들에게는 비밀로 하겠지만.
인생은 짧다, 그리고 나는 내 삶을 더 짧게 만들었다.
천 가지나 되는 달콤하고 경솔한 방식으로.
천 가지나 되는 달콤하고 경솔한 방식을
내 아이들에게는 비밀로 할 것이다.
세상은 적어도 절반은 끔찍한 곳, 이조차도
실제보다 적게 어림잡은 것,
비록 내 아이들에게는 이것을 비밀로 하겠지만.
새들이 많은 만큼 새에게 던져지는 돌도 많고
사랑받는 아이들이 많은 만큼 부러지고,
갇히고, 슬픔의 호수 밑으로 가라앉는 아이도 있다.
인생은 짧고, 세상은 적어도 절반은 끔찍하며,
친절한 낯선 이들이 많은 만큼
너를 파괴하려는 자도 많을 것이다.
비록 내 아이들에게는 이것을 비밀로 하겠지만.
나는 지금 아이들에게 세상을 홍보하는 중이다.
뛰어난 부동산 중개인이라면
진짜 거지 소굴 같은 집을 보여 줄 때

경쾌하게 재잘거릴 것이다.

그 집의 좋은 뼈대에 대해.

그러면서 말할 것이다.

"이곳은 충분히 아름다워질 수 있어요, 그렇죠?

당신이라면 이곳을 아름답게 만들 수 있어요."

매기 스미스

비옷

의사가 수술과
나의 어린시절 내내 하고 다녀야 할
허리 교정기를 제안했을 때,
부모님은 허둥지둥
마사지 치료와 지압 시술소와
척추 교정원으로 나를 데리고 다녔고
나는 비뚤어진 등뼈가 조금씩 돌아와
다시 숨을 쉴 수 있게 되었다.
그리고 고통으로 흐리멍덩해지지 않은 몸으로
더 많이 움직일 수 있었다.
엄마는 내게 노래를 불러 달라고 말하곤 했다.
45분을 달려 미들 투 록까지 가는 동안,
그리고 물리치료 후 돌아오는 45분 내내.
엄마는 나중에는 내 목소리마저 내 척추에서
해방된 것처럼 들린다고 말하곤 했다.
나는 노래하고 또 노래했다.
엄마가 좋아한다고 생각해서.
나는 엄마가 나를 데리고 다니느라

무엇을 포기했는지,

이 성가신 일 말고 나머지 하루가 어떠했는지

한 번도 물어본 적이 없다.

오늘, 엄마의 나이가 된 나는

아직도 계속되는 척추 교정 치료를 받고

직접 차를 운전해서 집으로 오고 있었다.

라디오에서 흘러나오는, 다소 감상적이지만 음정 정확한

노래를 따라 부르며.

그때 나는 한 엄마가 비옷을 벗어

어린 딸에게 입히는 걸 보았다.

오후 들어 비바람이 심해지고 있었다.

아, 나는 생각했다.

내 일생이 엄마의 비옷 아래 있었구나.

왜 그런지 모르지만 내가 결코 비에 젖지 않은 것이

경이로운 일이라 여기면서.

에이다 리몽

나는 당신보다 나은 사람이

마음 깊은 곳에서 나는
당신보다 더 나은 사람이 되기를 원하지 않는다.
당신보다 더 영리하고
당신보다 더 날씬하고
당신보다 더 멋있고
당신보다 더 빠르고 강한 사람이 되기를 원하지 않는다.
당신보다 더 성공적이고, 더 창조적이며
당신보다 더 나은 부모가 되기를 원하지 않는다.
당신보다 더 좋은 친구이고
더 많이 배운 사람이고
모든 면에서 더 나은 사람이 되기를 원하지 않는다.

나는 이 길을 당신과 나란히 걸어가기를 원한다.
당신이라는 존재에 경이로워하고
당신의 재능에 놀라워하며
사랑과 빛 속에서만 당신을 바라보고 싶다.
있는 그대로의 모습에서 비쳐 나오는
당신의 아름다움을 보고 싶다.

그리고 당신 또한 나를
같은 눈으로 바라보기를 나는 바란다.
왜냐하면 나는 있는 그대로의 당신을 사랑하니까.
전에 나는 당신보다 더 나은 사람이 되어야 한다고
생각했다.
그래야만 당신이 나를 사랑할 것이라고.

나는 이제 당신보다 더 빛나고자 하는 옷을
문 앞에 벗어 놓는다.
그것은 나 스스로 만든 무겁고 불필요한 짐이었다.
당신은 나의 있는 그대로의 모습을
여전히 사랑해 주겠는가?

내 마음 깊은 곳에서 나는 안다
당신이 그렇게 하리라는 걸.

케이티 스티븐슨 워스

마지막 날들

'무슨 일일지 짐작이 간다'라고
그는 일기에 적었다. 다음 날, 진료실에
그녀의 혈액 전문의가 굳은 얼굴로 앉아 있고
의사의 조수는 문에 등을 기대고 서 있었다.
마침내 의사가 입을 열었다.
"안 좋은 소식이 있습니다. 당신의 백혈병이
재발했습니다. 우리가 할 수 있는 일이
아무것도 없네요."
네 사람 모두 울었다. 그는 얼마나 남았는지,
왜 지금 재발이 되었는지 질문했고,
그녀는 단지 이렇게만 물었다.
"집에서 죽어도 될까요?"

그날 오후 집에 돌아와
그들은 그녀의 약부터 모두 쓰레기통에 버렸다.
그녀는 구토를 했다. 그녀가 울지 않고 조용히
모든 걸 내려놓으려고 노력하는 동안
그는 소리 내어 흐느껴 울었다. 밤에

그는 전화기를 들어 주위에 소식을 알렸고
지인들 모두 충격을 받았다.

이튿날 아침,
두 사람은 그녀의 시선집 『그렇게 못할 수도』에 넣을
시 고르는 작업을 했고,
그녀의 장례식 때 부를 찬송가를 정했으며,
신문의 부고 기사에 제공할 단어들을 쓰고
수정했다. 그다음 날,
그녀의 시집 작업을 더 했으며,
그녀가 힘이 없게 느껴지는 걸 보고
그는 말했다.
이 일을 지금 하는 건 아닌 것 같다고.
나중으로 미루자고. 그녀는 고개를 저으며 말했다.
"지금 해야 해요. 지금 하지 않으면 안 돼요."
그러고는 이내 기력이 다해 잠이 들면서
말했다. "재미있었지요?
우리 함께 일한 것이. 당신은 안 좋았어요?"

그가 그녀에게 물었다.

"당신에게 무슨 옷을 입혀야 할까? 당신을 묻을 때."

"생각 안 해 봤는데." 그녀가 말했다.

"나는 흰색 살와르 카미즈가 어떨까
생각했어." 그가 말했다.

그들이 일 년 반 전 인도 폰디체리에 갔을 때
산 옷이었다. 그 이후 그 옷을 입었을 때가
가장 건강해 보였고 예뻐 보였다.

그녀가 미소 지으며 말했다.

"좋아요, 최고의 선택이에요."

그가 그녀에게 말하지 않은 것이 있었다. 일 년 전
자다가 눈을 떴는데,
흰색 살와르 카미즈를 입고 관 속에 누워 있는
그녀가 보였다.

그럼에도 그는 계획을 그만둘 수 없었다.

그날 밤 그는 자신도 모르게 불쑥 말했다.

"우리 강아지가 죽으면 화장을 해서

당신 무덤에 뿌릴 거야!"

그녀는 웃었고, 큰 눈에 생기가 돌면서

고개를 끄덕였다.

"수선화들에게 좋겠네요."

그녀는 창백한 얼굴을

꽃무늬 베개에 묻었다. 그리고 물었다.

"이 일들이 기억나요?"

두 사람은 자신들의 모험에 대해

말했다. 결혼했을 때 차를 몰고

영국 전역을 돌아다닌 일,

중국과 인도를 여행한 일.

그리고 평범한 날들도

회상했다. 농장에서 보낸 여름들, 둘이 함께

시를 쓴 일, 개를 데리고 산책하고,

큰 소리로 안톤 체홉의 희곡을 낭독하던 일,

그는 자신들에게 더없는 행복을 안겨 주고

새로 칠한 침대에서 휴식하게 해 준

오후의 숱한 밀회들을 이야기했고,

그녀는 와락 눈물을 쏟으며

울음을 터뜨렸다. "이제 그만! 이제 그만!"

마지막 눈을 감기 전 사흘 동안 그녀는

대소변을 가릴 수 없게 되어

두 팔로 안아다가

변기 겸용 의자에 앉혀 줘야만 했다. 그가 그녀를 닦아 준

후 침대에 눕혀 주었다.

다섯 시에 그는 개에게 먹을 걸 주고

방으로 돌아와

그녀가 방 맞은편 등받이 높은 수직 의자에

앉아 있는 것을 발견했다.

설 수도 없는데, 어떻게 걸을 수 있었을까.

그녀가 넘어질까 봐 겁이 나

그는 병원으로 데려갈 구급차를 불렀다.

하지만 그가 그것을 말하자

그녀는 입술이 일그러지고 눈물이

흐르기 시작했다. "꼭 그래야만 해요?"
그는 구급차를 취소했다.
그녀가 말했다.
"내가 죽을 때 내 옆에 있어 줘요."

"죽는 것은 간단해요."
그녀가 말했다. "가장 나쁜 것은……,
헤어지는 일이에요."
그녀가 더 이상 말을 할 수 없게 되자
두 사람은 함께 길게 누워 있었다.
서로를 어루만지며.
그녀는 계속 그를 바라보았다.
그 아름답고, 둥글고, 큰 갈색 눈을
그에게서 한순간도 떼지 않았다.
여전히 빛나고, 깜박이지도 않고,
사랑과 두려움이 타오르는 눈을.

한 사람씩 찾아왔다.

오래된 친구들, 가장 가까운 이들이

이 마음의 친구에게

작별 인사를 하기 위해.

처음에 그녀는 그들의 이름을 부르고, 눈물짓고,

그들의 손을 잡았다.

그런 다음에는 희미하게 미소 지었다.

또 그다음에는 한쪽 입꼬리가 약간 위로 올라갔다.

마지막 날에는 말없이 바라보며

손을 둥글게 구부려 작별 인사를 했다.

눈은 꼼짝하지 않고 크게 뜬 채로.

그녀의 두 눈이 응시하고 있는

그녀 옆자리를 떠나며

그가 말했다.

"이 편지들을 상자에 넣을게."

세 시간 동안 그녀는 아무 말도 하지 않았다.

그러다가 마지막 말을 했다.

"좋아요."

그날 밤 여덟 시,

그녀는 마지막 순간까지 그렇게

눈을 뜨고 있었다. 미약한 호흡만이

남은 채. 그는 몸을 구부려

그녀의 창백하고 차가운 입술에

다시 입맞춤을 했다. 그리고 그 입술이

마지막 힘을 다해

살짝 벌렸다가 오므리며 그의 입맞춤에

화답하는 걸 느꼈다.

마지막 몇 시간 동안 그녀는

창백한 손가락을 꽉 쥐고 팔목을

뺨 높이까지 올리고 있었다.

욕실 세면대 위에 놓아둔 여신상처럼.

이따금 그녀의 오른쪽 주먹이 그녀의 뺨 쪽으로

움직이거나 경련을 일으켰다. 그렇게 열두 시간 동안

그녀가 마지막 숨을 거둘 때까지

그는 그녀의 큰 코뼈 튀어나온 부분을

계속 읽어 주었다.

뚜렷하고, 거의 달콤하기까지 한

냄새가 그녀의 벌어진 입에서 새어 나오기 시작했다.

그는 그녀의 폐가 더 이상 움직이지 않게 되는 것을 지켜

보았다.

그리고 엄지손가락으로

그녀의 둥근 갈색 눈을 감겨 주었다.

도널드 홀

인생에 대한 경이감을 시로 표현한 시인 도널드 홀은 미시간대학 영문학과
교수로 재직 중 19살 연하의 제자 제인 케니언을 만나 결혼했다. 뉴햄프셔주
계관시인으로 선정될 만큼 뛰어난 시인이었던 제인은 도널드와 스물세 해를
살고 백혈병으로 47세에 세상을 떠났다. 둘의 삶은 다큐멘터리 〈함께한 삶〉
으로 제작되어 에미상을 수상했다. '그 셔츠는 그의 목에 닿고/ 그의 등을
매만진다/ 그것은 그의 옆구리를 미끄러져 내린다/ 심지어 그의 벨트 아래로/
바지 안으로 내려간다./ 운 좋은 셔츠' – 제인이 도널드에 대해 쓴 시.

*폰디체리 – 인도 남동부 해안 도시
*살와르 카미즈 – 인도의 전통 의상으로, 긴 상의와 발목 부분이 조여지는
  헐렁한 하의가 특징

우리에게는 작별의 말이 없다

소코야, 하고 나는 불렀다.
주름살투성이 속
검은 연못 같은
그녀의 지혜로운 눈을 들여다보며.

아타바스카어에서는
서로 헤어질 때 뭐라고 해요?
작별에 해당하는 말이 뭐예요?

바람에 그을린 그녀의 얼굴 위로
언뜻 마음의 잔물결이 지나갔다.
'아, 없어.' 하고 말하며
그녀는 반짝이는 강물을 바라보았다.

그녀는 나를 찬찬히 바라보았다.
우리는 그냥 '틀라아' 하고 말하지.
그것은 또 만나자는 뜻이야.
우리는 결코 헤어지지 않아.

너의 입이 너의 가슴에

작별의 말을 하는 적이 있니?

그녀는 초롱꽃이나 되는 것처럼

가만히 나를 만졌다.

헤어지면 서로 잊게 된단다.

그러면 보잘것없는 존재가 돼.

그래서 우리는 그 말을 쓰지 않아.

우리는 늘 네가 돌아올 거라고 생각한단다.

돌아오지 않으면

어딘가 다른 곳에서 만나게 될 거야.

무슨 말인지 알겠지?

우리에게는 작별의 말이 없단다.

메리 톨마운틴

'소코야'는 아타바스카어로 '이모'라는 뜻. 아타바스카어는 북미 원주민이
가장 많이 사용하는 언어군으로, 알래스카어와 아파치족어 등 같은 계통의
30개 언어를 포함하고 있다.

봄이 벚나무에게 하는 것을 너에게 하고 싶어
— 마음챙김의 시

류시화

내가 태어날 때 탄생을 주관하는 천사가 상자 하나를 주며 내 귀에 속삭였다. 세상에 내려가 마음이 힘들 때면 이 상자를 열어 보라고. 그 투명한 상자에는 시가 들어 있어서, 삶에 불안을 느껴 상자를 열 때마다 인간 영혼의 원천에서 흘러나온 시들이 내 앞에 한 편씩 펼쳐졌다.

어떤 시는 비바람을 이겨 낸 꽃이고, 어떤 시는 히말라야 산길에서 언 발을 녹여 준 털실 양말이었으며, 어떤 시는 절망의 절벽에서 떨어져 내리는 나를 받쳐 준 손이었고, 또 어떤 시는 번갯불의 섬광을 닮은 새였다.

'여기, 내 인생의 방에서는 물건들이 계속 바뀐다.'라고 미국 시인 앤 섹스턴은 썼지만, 내 인생의 방에서는 운율, 단어, 길이가 다른 시들이 계속 이어졌다. 지혜와 통찰력에서 나온 그 시들을 읽으면서 나는 고개의 각도를 돌려 나 자신을 보고, 삶의 진실과 마주하고, 의문의 답을 찾는 문을 열었으며, 온전한 삶을 방해하는 '진짜 얼굴이 될 뻔한' 가면들을 벗을 수 있었다.

당신의 탄생을 주관한 천사가 당신에게 준 상자에 무엇이 들어 있든, 그 천사가 당신에게 부여한 눈썹과 이마의 넓이, 턱의 생김새에 어떤 차이가 있든, 우리에게는 한 가지 공통의 운명이 있다. 바로 삶의 모든 순간들을 경험하되 자기 자신이 누구인지 잊지 않는 일이다. 무엇보다 우리는 영혼을 소유한 채 성공과 실패, 기쁨과 슬픔, 욕망과 결핍, 여러 번의 이사, 무서운 병 진단, 실직 등을 헤쳐 나가는 여행자traveling soul가 아닌가. 별에서 별로, 한 생에서 다음 생으로. 그렇다면 영혼 안에 무엇을 지니고 여행하는가? 사랑인가, 그리움인가, 아니면 순간들의 깨달음인가?

마음챙김 명상의 선구자인 존 카밧 진은 말한다.

"바로 오늘의 당신의 삶을 여행으로, 모험으로 보라. 당신은 어디로 가고 있는가? 무엇을 추구하고 있는가? 당신은 지금 어디에 있는가? 지금 여행의 어느 단계에 와 있는가? 만일 당신의 삶이 책이라면 현재 머물고 있는 장의 제목을 무엇이라 붙일 것인가? 이 여행이 다른 누구도 아닌 당신 자신만의 여행이라는 사실을 기억하자. 따라서 길도 당신 자신의 길이어야 한다. 당신은 다른 누군가의 여행을 흉내 내면서 당신 자신에게 진실할 수는 없다."

시를 읽는 것은 자기 자신으로 돌아오는 것이고, 세상을 경이롭게 여기는 것이며, 여러 색의 감정을 경험하는 것이다. 그런 의미에서 시는 마음챙김의 소중한 도구이다. 카밧 진이 설명하듯이 '마음챙김'은 그냥 지금 이 순간에 존재하는 것, 미약한 숨소리일 뿐인 자신의 호흡에 집중하는 것, 주위에 있는 것 하나하나에 관심을 기울이는 것, 있는 그대로 세상을 바라보는 것이다. 무엇을 얻기 위함이 아니라 그저 온전히 나 자신으로 존재하는 것. 두려움, 고통,

질병, 죽음, 전쟁, 자연재해 등이 우리의 삶을 흔들 때 마음의 중심으로 돌아가려는 것은 도피가 아니다. 그것이 영성이다.

충분하다.
이 몇 마디 단어들로도 충분하다.
이 몇 마디 단어들로 충분하지 않다면
이 호흡만으로도 충분하다.
이 호흡으로 충분하지 않다면
이렇게 여기 앉아 있는 것만으로도 충분하다.

삶에 이렇게 열려 있기를
우리는 거부해 왔다,
다시 또다시,
바로 이 순간까지.

이 순간까지.
— 데이비드 화이트 〈충분하다〉

우리는 끝없이 무엇인가가 되어야 하고, 땀 흘려 일해야 하고, 성취도 해야 하지만 때로는 이 호흡만으로도 충분하다. 이 호흡으로 충분하지 않다면, 가끔은 이렇게 앉아 있는 것만으로도 충분하다. 그 어떤 것에도 물들지 않는 본래의 '나'와 만나기 위해서는. 온전히 '나'로 존재하는 것도 삶의 중요한 일부분이기 때문이다.
인도 성자 라마나 마하리시가 일깨운다.

"우리 자신이 실재임에도 우리는 계속 밖에서 실재를 찾는다."

신종 코로나바이러스19로 온 세상이 격랑에 소용돌이치는 가운데, 지난 30년간 해마다 해 온 인도 여행이 불가능해졌음을 깨달은 나는 서귀포 바닷가 귤밭에 있는, 돌로 지은 작은 창고를 집필실로 개조하는 작업을 했다. 낮에는 뜨거운 태양과 갑자기 쏟아지는 폭우 속에서 육체 노동을 하다가 밤이 되면 파도 소리를 벗 삼아 이 시집에 실을 시들을 고르고, 행을 다듬고, 몇 번이나 소리내어 읽었다. 그 시들이 내 숨이 될 때까지. 또한 이 시들이 당신의 숨결이 되기를 바라며……. 그 자체로 내게는 어려운 시대를 통과하는 마음챙김의 순간들이었다.

사방 돌벽으로 이루어진 굳건한 창고 벽에서 돌을 하나씩 빼내어 창문을 만들고 수십 년 묵은 어둠의 공간에 빛이 쏟아져 들어오게 할 때의 감동이 컸다. 아무리 오래된 어둠도, 그것이 마음속 어둠일지라도, 한순간 빛이 새어 들면 금세 사라진다. 힘들게 낸 창을 다시 돌로 막지만 않는다면 말이다. 한 개의 기쁨이 천 개의 슬픔을 사라지게 한다는 것은 시적인 과장이 아니다. 돌집이 완성될 무렵 이 시집도 완성되어 세상의 빛을 보게 되었다.

하루는 산책 중에 나를 알아본 이에게 아직 원고 상태로 있던 이 시집에 넣을 파블로 네루다의 시 〈하루에 얼마나 많은 일이 일어나는가〉를 읽어 주었다. 파도는 물보라를 일으키며 밀려들고 범섬 앞 바위에는 가마우지 세 마리가 검은 실루엣으로 앉아 있었다. 나는 곧 내 갈 길을 갔기 때문에 뒤에 남겨진 그 독자가 무엇을 느꼈는지 모른다. 하지만 시를 감상하는 그 순간만큼은 우리는 그곳 그 자리에 있었고, 다시는 재현되지 않을 그 순간에 온전하게 존재했음은 의심할 여지가 없다.

집필실이 거의 완성되어 갈 무렵, 나는 공사를 도와주러 멀리 광주에서 온 독자와 서귀포 오일장에 가서 목수국 세 그루를 사다가 돌집 화단에 심었다. 돌벽 밑에 흰 밑줄을 긋듯이. 이 시집의 밑줄 쳐진(언제 당신이 그 밑줄을 그었는지 기억이 먼) 시들을 훗날 다시 읽는다면 당신은 잃어버리고 지낸 어떤 것들을 떠올릴 것이다. 우리가 날마다 경험하는 두려움, 망설임, 냉소와 의심, 물질주의로부터 우리를 치유해 주는 부적 같은 힘이 시에는 있다.

세상을 여행하는 중에 나는 만나는 사람들에게 좋아하는 시를 말해 달라고 요청하곤 했다. 당연히 모두를 멈칫하게 만들었다. 낯선 이에게서 흔히 받는 질문이 아니기 때문이다. 어린 학생도 있었고, 늙은 성직자도 있었으며, 학교를 다닌 적 없는 산악지대 짐꾼도 있었다. 그 자리에서 답을 못한 한 노점 장수를 기억한다. 그는 다음 날 딸의 공책을 찢은 종이에 적어 와서 내가 지나가기를 기다리고 있었다. 또한 거리에서 시를 읽어 주며 걸어서 여행하는 수도자들도 만났다. 이 시집에 실린 까비르의 시는 수피 가수이자 시타르 명연주자인 수자트 칸이 노래로 불러 준 것이다.

소리 내어 말해진 모든 단어들은 사실 공기의 떨림에 불과하다. 하지만 어떤 공기의 떨림들은 모여서 시가 되고 노래가 된다. 그 속에 삶의 떨림이 깃들어 있기 때문이다. 시는 우리의 숨결이 만드는 것이고 우리의 숨결을 만드는 것이기도 하다.

마야 안젤루는 "인생은 숨을 쉰 횟수가 아니라 숨 막힐 정도로 벅찬 순간을 얼마나 많이 가졌는가로 평가된다."라고 말했다. 당신은 숨 막히게 사랑한 순간이 얼마나 많았는가? 숨 막히게 달려간

순간, 숨 막히게 껴안은 순간이. 혹은 영혼을 회복시켜 준 진정한 접촉, 자신을 증명할 무엇인가에 그토록 몰입한 순간이. 그 순간들을 사는 데 너무 늦은 때는 없다.

누구나 저마다의 시가 있다. 생의 뒤편 어딘가에 적어 놓고 온, 현실을 살아가느라 잊어버린 순수의 시가. 예이츠가 말했듯이 인간은 여러 현을 가진 악기와 같으며, 그중 몇 줄은 일상생활의 좁은 관심사들에 의해 소리를 내지만, 나머지 현들은 사용되지 않고 잊혀진 채로 있다.

사회적 거리두기와 삶에 대한 성찰이 어느 때보다 필요한 지금, 손 대신 시를 건네는 것은 어떤가. 멕시코의 복화술사, 영국 선원의 선원장, 기원전 1세기의 랍비와 수피의 시인뿐 아니라 파블로 네루다와 비스와바 쉼보르스카 같은 노벨 문학상 수상 시인, 페이스북과 인스타그램의 신세대 시인들, 그리고 라다크 사원 벽에 시를 적은 무명씨. 고대와 중세와 현대의 시인들이 나와 타인에 대한 운율 깃든 통찰로 우리를 초대한다.

시는 삶의 모습과 우리 자신을 보여 준다. 그리고 시는 우리 안의 불을 일깨운다. 자신이 마른 지푸라기처럼 느껴질지라도 그럴수록 불이 더 잘 붙는다는 사실을 잊지 않아야 한다. 시는 우리가 사람에 대해서든 세상에 대해서든 처음 사랑을 느꼈던 그 순간으로 돌아가라고 말한다. 자신이든 세상이든 본질적으로 불완전할지라도.

시인은 성공과 실패를 말하지 않는다. 다만 사랑하는가 사랑하지 않는가를 묻는다. 사실 그것이 전부 아닌가. '나'에 진실하기가 왜 그렇게도 어려운 걸까? 그토록 단순한 일인데 말이다. 그것은 은유도 추상도 아니며, 그밖의 모든 행위는 엇나가는 길인데도.

내가 좋아하는 일화가 있다. 이름난 의사가 길에서 환자를 만났다. 의사는 화를 내며 말했다.

"다리가 나을 때까지 걸어 다니지 말라고 하지 않았는가."

남자가 말했다.

"다 나았는 걸요."

"말도 안 되는 소리! 내가 분명히 상처를 확인했는데, 치료되려면 몇 달이 걸릴 거야."

"바알 셈 토브라는 다른 치료사에게 갔었거든요."

의사는 눈을 가늘게 뜨더니 아무 대꾸 없이 가 버렸다. 며칠 뒤 그는 하시디즘(유대교 신비주의)의 성자 바알 셈 토브의 대문을 두드리며 소리쳤다.

"당신이 치료사라고 주장한다는데 사실이오?"

바알 셈 토브가 나와서 말했다.

"친구여, 신만이 치료사가 될 수 있소."

그러자 의사가 말했다.

"우리 서로를 진단해 봅시다. 상대방의 병을 누가 더 잘 진단하는지 시험해 봅시다."

성자는 미소를 지으며 말했다.

"원하는 대로 하시오."

의사는 바알 셈 토브를 진찰하기 시작했다. 한 시간 동안 몸의 여기저기를 찔러 보고, 귓속을 들여다보고, 무릎을 두드려 본 뒤 그는 말했다.

"어떤 병도 발견할 수 없소."

그러자 바알 셈 토브가 말했다.

"당연히 발견할 수 없을 것이오. 나는 매 순간 신의 존재를 갈구하기 때문에 신을 느끼지 못하면 가슴에 통증을 느낍니다. 나의 병은 끝없이 신을 갈망하는 것이오."

그런 다음 바알 셈 토브는 의사의 눈을 응시한 후 말했다.

"매우 귀중한 것을 잃은 적이 있소?"

의사가 놀라서 말했다.

"사실은 얼마 전에 비싼 보석을 도둑맞았소."

"아, 그것이 당신의 병이오!"

"뭐라고요? 보석을 도둑맞은 것이 내 병이라고요?"

바알 셈 토브가 말했다.

"아니오. 내 병은 신을 갈구하는 것이고, 당신의 병은 자신이 한때 그런 갈구를 갖고 있었다는 것을 잊은 것이오."

저마다의 가슴 안에 그런 갈구가 있었다. 온전히 '나'로 살고자 하는 순수한 욕망, 인간의 여행을 하는 동안 진실한 감정에서 멀어지지 않겠다는 의지가. 비록 상실, 상처, 패배가 그 여행의 본질적인 부분이라 할지라도. 당신이 아직 어리든 나이가 많든 재 속의 불처럼 그 의지를 꺼뜨리지 않았다면 당신은 아직 내면의 시를 잃지 않은 것이다. 그리고 그것을 잃었다면 다 잃은 것과 같다. 외부의 피할 수 없는 상실은 받아들여야 한다. 그렇다고 내면의 상실까지 강요되어야 하는 것은 아니다.

호르헤 루이스 보르헤스는 시 〈후회〉에서 쓴다.

나는 인간이 지을 수 있는

162

가장 큰 죄를 지었다.

나는 행복하게 살지 않았다.

행복하게 살지 않은 것, 그것이 가장 큰 죄라는 것이다. 행복은 다른 것이 아니라 모든 순간을 기꺼이 껴안는 것이다. 주디 브라운이 시 〈네〉에서 썼듯이 '기쁨과 슬픔/ 그 어느 하나라도 거부한다면/ 삶을 거부하는 것'이다. 그렇기에 그 둘 다에게 '네'라고 말해야 한다.

가슴은 문이 되어야 한다. 때로는 그 문 앞에 서서 '왜?'를 물을지라도 모든 순간을 기꺼이 초대할 수 있도록. 이유를 알 수 없다고 가슴의 문을 오래 닫아 두어서는 안 된다. 까비르가 노래했듯이, 모든 호흡마다 그 순간을 살아야 한다. 그것을 나는 '마음챙김'의 진정한 정의라고 이해한다.

시 모음집을 영어로는 앤솔러지anthology라고 한다. 그리스어에서 유래된 이 단어의 원래 의미는 '꽃 모음flower-gathering'이다. 의미 그대로 이 시집은 다양한 시들의 모음이다. 꽃은 심어진 그 자리에서만 피지 않는다. 한번은 인도에서 분꽃 씨앗을 몇 개 가져온 적이 있다. 한 뿌리에서 흰색, 노란색, 분홍색 등 여러 색 꽃이 피는 것이 신기했기 때문이다. 그 씨앗을 아무래도 인도 기후에 좀 더 가까운 서귀포 귤밭에 뿌렸는데, 2~3년 후에 보고 깜짝 놀랐다. 넓은 귤밭 여기저기 다양한 색의 분꽃이 피어 있었다. 꽃은 꽃이면서 꽃을 퍼뜨리는 주체이다.

『누가 시를 읽는가』에서 아이 웨이웨이가 한 말을 인용하지 않을 수 없다.

"시를 읽는 것은 현실 너머를 보는 것이다. 눈앞의 세계 너머에 무엇이 있는지 찾는 것이며, 다른 삶과 다른 차원의 감정을 경험하는 것이다. 인간 본성을 이해하는 것이고, 가장 중요하게는 젊고 늙고 배우고 못 배우고를 떠나 타인과 나누는 것이다."

인생에서 읽어야 할 시의 적정량이 몇 편인지 모르지만, 나는 운이 좋은 사람이다. 잠언 시집 『지금 알고 있는 걸 그때도 알았더라면』부터 이 시집까지 전 세계 시인들의 시를 읽고 번역하고 나누었으니, 이 생에서 이만한 행운이 어디 있는가. 치유 시집 『사랑하라 한번도 상처받지 않은 것처럼』 출간 이후 15년 동안 모은 내가 좋아하는 시들의 결실이 이 시집이다.

시집에 수록할 시 선정 다음으로 할 일은 시 사용을 허락받는 일이었다. 생존 시인에게는 직접 이메일을 띄우고, 작고한 경우에는 저작권자(대개 배우자나 자녀) 혹은 시집을 펴낸 출판사들에 연락했다.

예상하지 않았다, 그토록 즉각적이고 애정 어린 답장을 받게 되리라고는. 신종 바이러스로 인해 온 인류가 존재적으로 위축된 상황에서 마음챙김을 위한 시를 소개하겠다는 취지에 모두가 공감하고 기꺼이 시 사용을 허락해 주었다. 한 시인은 미국에서 동시에 출간하자는 제의까지 했다.

미국 뉴저지 출신의 시인 엘렌 바스는 시의 어느 구절이 의미하는 바에 대한 나의 질문에 친절히 답하며 자신의 인생에서 가장 불행한 시기에 그 시를 썼다고 말했다. 그리고 자신에게 그러했듯이 때로는 슬픔이 촉매가 되어 강한 의지가 우리를 일으켜 세운다고 했다.

삶을 사랑하는 것
도저히 감당할 자신이 없을 때에도,
소중히 쥐고 있던 모든 것이
불탄 종이처럼 손에서 바스러지고
그 타고 남은 재로 목이 멜지라도

삶을 사랑하는 것
슬픔이 당신과 함께 앉아서
그 열대의 더위로 숨 막히게 하고
공기를 물처럼 무겁게 해
폐보다는 아가미로 숨 쉬는 것이
더 나을 때에도

삶을 사랑하는 것
슬픔이 마치 당신 몸의 일부인 양
당신을 무겁게 할 때에도,
아니, 그 이상으로 슬픔의 비대한 몸집이
당신을 내리누를 때
내 한 몸으로 이것을 어떻게 견뎌 내지,
하고 생각하면서도

당신은 두 손으로 얼굴을 움켜쥐듯
삶을 부여잡고
매력적인 미소도, 매혹적인 눈빛도 없는

그저 평범한 그 얼굴에게 말한다.

그래, 너를 받아들일 거야.

너를 다시 사랑할 거야.

— 엘렌 바스 〈중요한 것은〉

헤밍웨이 이후 가장 뛰어난 소설가로 꼽히는 레이먼드 카버는 『대성당』과 『제발 조용히 좀 해요』 같은 뛰어난 단편소설집만이 아니라 좋은 시를 많이 썼다. 오리건주에서 제재소 노동자의 아들로 태어나 19세에 결혼해 스무 살 무렵에 이미 두 아이의 아버지가 되어 있었다. 가족을 먹여 살리기 위해 집배원, 주유소 직원, 화장실 청소부 등 온갖 일을 하며 밤에 차고에서 글을 썼다. 당장 원고료를 받아야 했기에 짧은 시간에 완성할 수 있는 단편소설을 매일 써서 단편소설의 대가가 되었다.

끝없이 관계가 나빴던 첫 아내와의 이혼 후 레이먼드는 마흔 살에 시인 테스 갤러거를 만나 비로소 정신적 안정을 찾고 오랜 알코올중독에서도 벗어났다. 하지만 10년 뒤 폐암으로 세상을 뜨고 말았다. 시 사용 허락을 받기 위해 출판사에 연락했으나 회신이 없어 미망인 테스에게 이메일을 보냈다. 금방 답장이 왔다. 자기 남편의 시를 시집에 실어 줘서 고맙다고. 그리고 이 낯설고 불안한 시대에 이 시집이 위안과 힘을 주게 되기를 바란다면서, 작곡가인 손자 브라이언이 두 번이나 서울을 여행했는데 무척 마음에 들어 했다고 했다.

그럼에도 너는

이 생에서 네가 얻고자 하는 것을 얻었는가?

그렇다.

무엇을 원했는가?

나 자신을 사랑받는 사람이라고 부르는 것.
이 지상에서 내가 사랑받는 존재라고 느끼는 것.
— 레이먼드 카버 〈마지막 조각 글〉

이번 시집에는 싣지 않았으나(분량이 넘치기도 했지만 다음 권을 위해 내가 아껴 둔 시) 오래전 세상을 떠난 폴란드 시인 안나 스위르의 시도 있다. 사용 허가를 부탁하자, 그녀의 딸 루드밀라는 어머니를 향한 그리움과 세상의 여전한 몰이해로 인해 눈물지으면서 내가 요청한 시뿐만 아니라 모든 시의 사용을 허락했다. 크라쿠프(옛 폴란드의 수도)는 대유행 병의 우울과 상관없이 여전히 아름답다고 전하면서.

나는 당신이 부럽다. 매 순간
당신은 나를 떠날 수 있다.

나는 나를
떠날 수 없다.
— 안나 스위르 〈나는 할 수 없다〉

시인들과의 일화를 마냥 이야기하려는 마음을 챙겨 이만 줄여야겠다. 나는 이 세상을 사랑한다. 이곳에서 시를 발견하고 아름다운 사람들을 만났으니까. 나는 세상에서 가장 멋진 집단이 시인 집단이라고 여기며, 이 집단의 일원인 것에 자부심을 느낀다. 물론 질투를 못 이겨 다른 시인을 헐뜯는 이도 있고 정의로운 척하며 정치인과 권력자에게 아양 떠는 자도 있지만, 나는 시를 떠날 수 없다. 다가올 것이라고 생각하지 못했던 이 불확실한 시대, 낮은 불빛 아래 시를 읽는 당신이 있으니.

시를 읽기 위해 반드시 문학 전공자일 필요는 없다. 시는 오히려 그런 엘리트주의를 배격한다. 애매모호함의 대명사처럼 오해되지만 시는 사실 더없이 명료하게 가슴에 다가간다. 미국 시인 빌리 콜린스가 말했듯이, 우리에게 말을 거는 시가 있고 문학적 실험을 추구하는 시가 있다. 물론 그 두 가지가 조화를 이룬 시도 있지만, 우리의 심장을 건드리는 시는 확실히 '우리에게 말을 걸어오는 시'이다. 삶에 대해 말할 때 우리가 읽는 시가 그런 시들이다.

북인도 바라나시에서 길을 걷다가 어떤 나무에 많은 새들이 앉아 있는 걸 보았다. 호기심에 이끌려 다음 날도, 또 그다음 날도 그곳으로 갔는데 여전히 유독 그 나무에만 많은 새들이 모여서 지저귀고 있었다. 그 지역 사람들에게 이유를 물었지만 누구도 뚜렷한 답변을 하지 못했다. 빤(후추 잎에 여러 열매와 향신료를 싼 일종의 씹는 담배)을 너무 씹어 혀까지 새빨개진 노인이 "새들이 이 나무를 좋아해서겠지."라고 내뱉은 말이 유일한 정답이었다. 당신이 새라면 아무 나무에나 앉을 것 같지만 실제로 새가 된다면 그렇게 하지 않을 것이다. 특유의 향기와 매력으로 당신을 초대하는 맵시 있는 나무에 내려앉을 것이다. 나는 그런 나무 같은 시를 좋아한다.

그 동네 오래된 2층 가옥에는 열 개가 넘는 방에 세입자들이 다 닥다닥 붙어 살았는데, 네모난 안뜰에 주황색 꽃이 피는 나무가 한 그루 서 있고 그 나무에는 낮이든 밤이든 새들이 가득해 소란스러울 정도였다. 새들에게 열려 있고, 다정하고, 가지마다 안식처를 내주는 나무였다. 좋은 시는 혼자 그렇듯 노래하는 것이 아니라 독자가 그 행들의 나뭇가지와 단어들의 잎사귀 속에서 기억, 상실, 기쁨, 다짐을 중얼거리게 한다.

어느 날 내게 말을 걸어온 이 시들이 당신에게도 다가가 속삭이며 말을 걸 것이라고 의심치 않는다. 한 편의 시가 한 사람에게서 다른 사람에게로 건네지는 것은 인간 고유의 아름다운 행위이다. 내가 이 시집의 출간 기념으로 비록 한시적이지만 요청하는 독자에게 내 육성으로 직접 시를 한 편씩 읽어 주는 행사를 하기로 동의한 것은 그 이유에서다.

이 시들을 당신에게 소리 내어 읽어 줄 수 있다면 더없는 기쁨이 될 것이다. 녹음된 것이 아니라 그 순간의 육성으로 말이다. 그것이 또한 마음챙김이라는 주제에 어울리는 일이기 때문이다. 나아가 당신은 당신이 좋아하는 시를 나에게 읽어 주면 더 의미 깊을 것이다. 시는 문학적인 행위이면서 나눔이고 선물이다.

살아온 날들이 살아갈 날들에게 묻는다. '너는 마음챙김의 삶을 살고 있는가, 마음놓침의 시간을 보내고 있는가?' 당신이 누구이든 어디에 있든 한 편의 시를 읽는 것은 '속도에 대한 세상의 숭배에 저항하는 것'이며, 숱한 마음놓침의 시간들을 마음챙김의 삶으로 회복하는 일이다. 꽃나무들은 현재의 순간에서 최선을 다해 꽃물을 길어 올려 꽃을 피운다. 파블로 네루다가 '봄이 벚나무에게 하는 것을 나는 너에게 하고 싶어.'라고 썼듯이, 나는 이 시들로 당신을 온전히 당신의 삶에 꽃피어나게 하고 싶다.

마르그리트 뒤라스의 마지막 저서에 실린 문장으로 이 글을 맺는다.

나는 삶을 사랑해.

비록

여기

이러한

삶일지라도.

시인 소개

라이너 쿤체

1933~ . 현존하는 독일 최고의 서정 시인. 구동독 시절 대학에서 철학을
전공하다 정치적인 이유로 퇴학당했다. 독재 정권에 대한 비판으로 동독작
가동맹에서 퇴출된 후 서독으로 망명했다. 독일 대표 문학상인 게오르크
뷔히너 상, 횔덜린 상을 수상했다. *'Rostblättrige Alpenrose' © S. Fischer
Verlag GmbH, Frankfurt am Main. From "Linden-nacht" by Reiner
Kunze;* '뒤처진 새' © 전영애·박세인, 『나와 마주하는 시간』(봄날의책)

잘랄루딘 루미

1207~1273. 페르시아 신비주의 문학을 대표하는 시인. 젊었을 때 대학자의
지위에 올랐으나, 37세에 방랑하는 탁발승 샴스 알딘 타브리즈와의 운명적
인 만남으로 종교학자에서 신비주의 시인으로 변신했다. 대표 시집 『영적인
마스나위』는 페르시아어로 된 가장 뛰어난 문학으로 평가받는다. *'Out be-
yond ideas of wrongdoing and rightdoing' by Jalal uddin Rumi.*

랭 리아브

1983~ . 호주와 뉴질랜드에서 활동하는 시인이자 소설가. 캄보디아 혁명조
직 크메르루주의 탄압을 피해 부모가 호주로 피신해 난민 캠프에서 출생했
다. 소셜미디어에 시를 발표하면서 주목받기 시작했으며, 시집 『사랑과 불운』,
『기억들』, 『낯선 이들의 바다』를 발표했다. *'Stardust' © Lang Leav. From
"Memories". Kansas City, MO, Andrews McMeel Publishing.*

엘렌 바스

1947~ . 캘리포니아 산타크루즈에서 '자기 삶을 글로 쓰기' 워크숍을 30년
넘게 진행해 오고 있는 시인. 시집 『걸인처럼』, 『인디고』 외에도 성폭력 피해

자들을 위한 비소설 『치유하려는 용기』와, 여성 시인들의 시선집 『가면은 이제 그만』을 공동 편집했다. *'The Thing Is' © Ellen Bass. From "Mules of Love". Reprinted with the permission of The Permissions Company, LLC; 'It Took the Worst Day' © Ellen Bass. Used with permission of the Author.*

비스와바 쉼보르스카

1923~2012. 현대시의 모차르트라 불리는 폴란드 시인. 간결하고 분명한 언어로 『우리가 살아가는 이유』, 『여기』 등 주옥 같은 시집들을 출간해 '영원의 시각에서 사물들을 보는 훌륭한 재능을 가졌다'고 평가받았다. 독일 괴테 문학상을 수상했으며, 1996년 노벨 문학상의 영예를 안았다. 작고 후 유고 시집 『충분하다』가 출간되었다. *'Do serca w niedzielę' © Wisława Szymborska. From "Sto pociech". Warszawa, PIW.*

웬델 베리

1934~ . '진실을 말하는 미국인' 중 한 명으로 꼽히는 시인, 농부, 생태주의자. 대학에서 잠시 영문학을 가르치다가 30대 초반 켄터키 고향으로 돌아가 기계를 쓰지 않고 가축과 사람의 힘만으로 전통적인 농사를 시작했다. 지금까지 50년 동안 농부로 살면서 컴퓨터 없이 손글씨와 오래된 타자기로 『삶은 기적이다』, 『온 삶을 먹다』 등 역작을 썼다. *'A Purification' From "New Collected Poems" and 'Best of Any Song' From "A Timbered Choir" © Wendell Berry. Used with permission of Counterpoint Press.*

키티 오메라

미국 위스콘신주의 전직 교사. 코로나바이러스19로 인한 사회적 거리두기가 진행되던 2020년 봄, 영감을 받아 단숨에 쓴 시 〈그리고 사람들은 집에 머물렀다〉를 페이스북에 올렸고, 수천만 명이 소셜미디어에 실어 나르면서 '대유행병 시대의 계관시인'으로 불렸다. *'And the People Stayed Home' © Kitty O'Meara. From "Together in a Sudden Strangeness: America's Poets Respond to the Pandemic", ed. by Alice Quinn. New York: Knopf Doubleday Publishing Group. Used with permission of the Author.*

골웨이 키넬

1927~2014. 음악적이고 서정적인 시들로 퓰리처 상과 전미도서상을 동시에 수상한 시인. '인간의 현존을 강하게 느끼게 하는 진정한 시의 거장'으로 평가받는다. 영미시를 지배하는 현학적인 시풍을 초월해 문학을 전공하지 않은 사람도 이해할 수 있는 깊이 있는 시를 써서 버몬트주 계관시인으로 선정되었다. *'Wait' © Galway Kinnell, From "Mortal Acts, Mortal Words". Mariner Books. Used with permission of Houghton Mifflin Harcourt.*

샤메인 아세라파

영국인 어머니와 스리랑카인 아버지 사이에서 태어나 인도에서 자라고 학교를 다녔다. 캐나다, 영국, 뉴욕의 유명 출판사에서 편집자로 일했으며, 야생동물 보호 다큐멘터리의 대본 작가로도 활동했다. 일본 판화가 아키코 나오무라의 목판화와 함께 출간한 『정원 명상』(원제는 '일본식 정원에서') 으로 명성을 얻었다. *'In a Japanese Garden' © Charmaine Aserappa.*

엘리자베스 아펠

미국 캘리포니아주 새크라멘토밸리 출신으로 소설 『집시 야영지에서 배운 것』을 발표해 작가로 등단했다. 두 편의 시나리오를 써서 직접 감독해 영화를 제작했다. 이 책에 실린 시 〈위험〉은 프랑스 출신의 미국 작가 어네이스 닌의 시로 방송과 인터넷에서 소개되었으나 훗날 아펠의 시로 밝혀졌다. *'Risk' © Elizabeth Appell. Used with permission of the Author.*

데이비드 화이트

1955~ . 명상적인 시로 대중의 호평을 받는 영국 출신의 시인. 아일랜드 출생의 상상력 풍부한 어머니에게서 시적 영향을 받았으며, 분명하고 직접적인 언어로 자유시 형식의 시를 쓴다. 20대에는 자연주의자가 되어 갈라파고스 섬에서 살면서 인류학 탐사팀과 함께 안데스산, 아마존 밀림, 히말라야를 다녔다. 『당신 안의 바다』, 『순례자』, 『모든 것이 너를 기다리고 있다』 등의 시집과 산문집을 썼다. *'The Well of Grief' © David Whyte. From "Where Many Rivers Meet"; 'Santiago' © David Whyte. From*

자넷 랜드

미국 시인이라는 것 외에는 알려진 것이 없다. 여기에 소개한 시 〈위험들〉
은 『살며 사랑하며 배우며』의 저자 레오 버스카글리아가 자신의 저서와 강
연에 자주 인용해 세상에 알려졌다. *'Risks' by Janet Rand.*

아잔 차

1918~1992. 세계적인 불교 지도자. 태국 북동부에서 농부의 아들로 태어
나 아버지의 죽음 이후 방랑 고행승이 되어 7년 동안 호랑이, 코브라가 들
끓는 밀림에서 지내며 인생의 진정한 의미를 깨달았다. 이후 생가 근처 인
적 없는 숲에 정착했으며, 이곳에 왓 바퐁 사원이 세워지면서 전 세계에서
찾아온 제자들에게 단순하고 실천적인 명상을 가르쳤다. *'Do not give up
your seat' © Ajahn Chah. From "A Still Forest Pool". Quest Books.*

마거릿 애트우드

1939~ . 캐나다가 자랑하는 시인이며 소설가. 숲 곤충학자인 아버지를 따
라 매년 봄 북쪽 들판으로 갔다가 가을에 도시로 돌아오곤 했다. 친구가 없
어 책이 유일한 벗이었으며, 25세에 첫 시집 『서클 게임』을 냈다. 이후 장편
소설 『떠오르기』를 비롯해 『고양이 눈』, 『눈먼 암살자』, 『인간 종말 리포
트』 등 뛰어난 작품을 발표하며 노벨 문학상 후보에 이름을 올리고 있다.
'The Moment' © Margaret Atwood. From "Eating Fire". London, Virago.

하피즈

1320?~1389. 시와 포도주와 장미로 유명한 이란의 시라즈에서 출생한 서
정 시인(하페즈라고도 표기). 피르다우시, 사디, 루미와 함께 페르시아 문학
의 4대 시인으로 꼽힌다. 페르시아의 대표적인 시 형식 '가잘'(4행으로 된
서정시)을 완성시켰으며, 이것이 괴테를 거쳐 19세기 서양의 시 형식에 많은
영향을 미쳤다. 하피즈의 시는 오늘날에도 페르시아 전통 음악에서 자주
노래로 불린다. *'God and I' by Hafiz.*

파블로 네루다

1904~1973. 칠레의 민중 시인이며 20세기 가장 위대한 시인. 철도 노동자의 아들로 태어나, 17세부터 본격적으로 글을 쓰기 시작했다. 스무 살 되던 해에 『스무 편의 사랑과 한 편의 절망의 노래』를 발표해 세계적인 시인의 반열에 올랐다. 이후 미얀마, 스리랑카, 싱가포르, 스페인 등지에서 칠레 영사로 근무했으며, 40대에는 정부와 대립하면서 남미와 유럽 여러 곳을 떠돌면서 다양한 문화의 색채가 시에 입혀졌다. 1971년 노벨 문학상을 수상했다. *'Cuanto pasa en un día' © Pablo Neruda and Fundación Pablo Neruda. From "ESTRAVAGARIO".*

네이라 와히드

열한 살에 영어 교사 추천으로 지역 신문에 시가 실린 후부터 시를 쓰기 시작했다는 것 외에는 출생과 성장 배경에 대해 알려진 바가 없다. 스스로 '얼굴 없는 시인'이라 말하지만, 인스타그램에서 '어쩌면 가장 유명한 시인'으로 불린다. 『소금』과 『네즈마』 두 권의 시집을 출간했다. *'Be a scar' © Nayyirah Waheed. From "Salt". instagram.com/nayyirah.waheed*

타일러 노트 그렉슨

1981~ . 미국 몬태나주 산 중턱에 거주하는 시인이며 웨딩 사진 촬영을 전문으로 하는 사진작가. 동네 골동품 가게에서 구식 타자기를 발견한 후 매일 한 편씩 그 타자기로 시를 쓰기 시작, 그 시들을 트위터와 인스타그램에 소개하면서 유명해졌다. 자신이 쓰고 생각하는 모든 부분에 빛에 관한 것이 스며들어 있다고 말한다. *'Untitled' © Tyler Knott Gregson. From "Typewriter Series # 949". tylerknott.com*

드니스 레버토프

1923~1997. 웨일스 출신의 어머니와 하시디즘을 추종하는 독일계 유대인 아버지 사이에서 태어난 미국 시인. 아버지의 신비주의적 성향에 영향을 받았으며, 학교를 다니지 않고 집에서 문학과 미술, 음악, 무용 등을 배웠다. 예술가가 될 운명을 느끼고 열두 살에 자작시 몇 편을 시인 T. S. 엘리엇에

게 보내, 엘리엇의 긴 격려 편지를 받았다. 시집『물속에서 숨쉬기』,『벌집의 문』등이 있다. *'Living'* © *Denise Levertov. From "POEMS 1960-1967". Reprinted by permission of New Directions Publishing Corp.*

마리오 베네데티

1920~2009. 노벨 문학상을 받은 파블로 네루다보다 더 대중의 사랑을 받은 우루과이 국민 시인. 어릴 때부터 생계를 위해 온갖 일을 해야 했기에 글에 하층 사회의 언어가 담겼다. 40명 넘는 유명 가수가 그의 시를 노래로 만들어 불렀으며, 세상을 떠났을 때는 우루과이 정부가 국장을 선포했다. 80여 권의 시집, 소설, 극본을 남긴 그는 어디까지나 '단편과 소설을 쓴 적이 있는 시인'으로 기억해 주기를 바랐다. *'Defensa de la alegría' from Cotidianas by Mario Benedetti, published by Siglo XXI Editores.* © *1979 by Mario Benedetti.*

예브게니 옙투셴코

1932~2017. 러시아 출신의 시인이자 영화감독. 어려서 친할아버지와 외할아버지가 '인민의 적'으로 스탈린에게 체포당했다. 10대 후반부터 반체제적인 시를 발표했으며, 고리키문학학교에 다닐 당시 개인주의를 옹호했다는 비판을 받고 퇴학당했다. 소련 해체 후 자유 러시아 수호자 상을 받고 러시아 전역에 시 콘서트를 다닐 정도로 인기를 누렸다. *'Людей неинтересных в мире нет'* © *Yevgeny Yevtushenko. From "Евгений Евтушенко. Стихотворения". Москва, Слово. Used with permission of Maria Yevtushenko.*

하룬 야히아

1956~ . 터키의 종교 지도자. 다윈의 진화론이 물질주의와 공산주의를 부추긴다고 믿고 진화론에 반대하고 비유물론적 우주론을 주장하는 과학연구재단을 설립했으며, 아드난 옥타르라는 필명으로 100여 권의 저서를 썼다. 이에 정부로부터 수없이 고발당하고 정신병원에 갇히기도 했다. 그에 대한 논란은 지금도 진행 중이다. *'Untitled'* © *Harun Yahya.*

에린 핸슨

1995~ . 호주 출신으로 어려서부터 글쓰기를 시작했으며, 열아홉 살 때 블로그에 e.h.라는 필명으로 짧은 시들을 발표하면서 이름이 알려졌다. 『언더그라운드 시집』이라는 제목의 시집 3권을 출간했다. *'Not' © Erin Hanson.*
instagram.com/thepoeticunderground

찰스 부코스키

1920~1994. 독일 출신의 미국 시인이며 소설가. 대학 중퇴 후 접시닦이, 트럭 운전사, 하역부, 경비원, 주유소 주유원, 도살장 인부, 우체국 집배원 등 온갖 종류의 밑바닥 노동자로 일하다가 쉰 살 넘어 전업 작가가 되었다. 미국 현대문학의 '위대한 아웃사이더'라는 별명답게 문단과 거리를 두고 살면서 수천 편의 시와 수백 편의 단편소설, 6권의 장편소설을 썼다. *'Roll the Dice' © Charles Bukowski. From "What Matters Most Is How Well You Walk Through The Fire". Santa Rosa, California, Black Sparrow Press.*

얀 리처드슨

1967~ . 시인이며 화가. 어려서부터 글을 썼으며, 신학생 시절에 화가의 재능을 발견했다. 플로리다 제1연합감리교회에서 예술 행위를 통한 예배에 종사했다. 남편의 갑작스러운 죽음 이후 상실감과 슬픔을 시와 그림으로 승화시킨 작품들을 많이 발표했다. 시집 『은총의 순환』, 『슬픔의 치유』가 있다. *'How the Light Comes' © Jan Richardson from "Circle of Grace: A Book of Blessings for the Seasons". Orlando, FL, Wanton Gospeller Press. Used with permission of the Author. janrichardson.com*

까비르

15세기. 인도 민중문학의 시초이며 타고르에게 깊은 영감을 준 신비주의 시인이며 성자. 가난한 힌두교 과부의 사생아로 태어나 강보에 싸여 연못가에 버려졌으며, 이를 발견한 회교도 부부가 데려다 키웠다. 학교 교육을 받지 못하고 부모의 직업에 따라 베 짜는 일을 하면서 가장 높은 영적 경지에 이르렀다. *'A leaf' by Kabir.*

나오미 쉬하브 나이

1952~ . 팔레스타인 출신의 아버지와 미국인 어머니 사이에서 태어나 고등학교 때까지 예루살렘에서 살고 대학은 미국에서 영문학을 전공했다. 어렸을 때 시를 읽어 준 어머니의 영향으로 글을 썼다. 아시아, 유럽, 캐나다, 멕시코, 중남미, 중동 지역을 두루 여행했으며, 스스로를 '방랑 시인'이라고 부른다(『사랑하라 한번도 상처받지 않은 것처럼』에서 '나오미 쉬하브 니예'로 잘못 표기한 것에 대해 시인에게 사과드린다). 'Gate A-4' © *Naomi Shihab Nye. From "Honeybee". Greenwillow Books.*

레이먼드 카버

1938~1988. 미국 문단의 가장 영향력 있는 소설가이자 시인. 제재소 노동자의 아들로 태어나 19세에 세 살 어린 소녀와 결혼해 20세 무렵에 두 아이의 아버지가 되었다. 가족을 부양하기 위해 집배원, 주유소 직원, 화장실 청소부 등 온갖 일을 했으며, 당장 원고료를 받아야 했기 때문에 짧은 시간에 완성할 수 있는 단편소설을 주로 써서 어느덧 단편소설의 대가가 되었다. 41세에 출간한 단편집 『제발 조용히 해 줘』가 전미도서상 후보에 오르고, 이어 발표한 단편집 『대성당』이 퓰리처 상 후보에 오르면서 작가로서의 확고한 위치를 굳혔다. 'Late Fragment' © *Raymond Carver, From "A New Path to the Waterfall". New York, Atlantic Monthly Press.*

마이클 로젠

1946~ . 영국의 시인이며 아동문학가. 옥스퍼드대학에서 영문학 전공 후 첫 시집 『참견하지 마』에 이어 유년시절을 바탕으로 한 『빨리 여기를 떠나자』, 『내가 너보다 나이가 많을 때 보자』 등의 시집을 발표했다. 작가로서 큰 명성을 얻은 것은 여러 상을 수상한 아동 그림책 『곰 사냥을 떠나자』를 통해서였다. 『내가 가장 슬플 때』, 『딱 한 입만 먹어 볼까』도 그의 대표 아동서적이다. 영국 계관 아동문학가로 2회 연속 선정. 여기에 실린 시를 번역할 당시, 로젠은 신종 코로나바이러스19에 감염되어 입원 중이었다. 'These Are the Hands' © *Michael Rosen. From "These Are The Hands" ed. by Michael Rosen, Alma, D. and Amiel, K. Shropshire. Fair Acre Press.*

마거릿 생스터

1838~1912. 뉴욕주 출신의 시인. 종교적인 가정환경에서 성장했으며, 학교를 다니지 않고 집에서 교육받았다. 어린 시절부터 조숙하고 문학적 재능을 드러냈다. 처음에는 본명을 감추고 시와 산문 등을 발표하다가, 여러 매체에 글을 기고하고 유명한 잡지의 편집자로 명성을 날렸다. *'The Sin of Omission' by Margaret E. Sangster.*

에이미 네주쿠마타틸

1974~ . 미국 시카고에서 남인도 출신의 아버지와 필리핀 어머니 사이에서 태어났다. 오하이오주립대학에서 문학을 전공하고, 29세에 시집 『마법의 열매』로 글로벌필리핀문학상을 받았다. 이어서 사랑, 상실, 땅을 주제로 『화산으로 가는 길』, 『행운의 물고기』 등의 시집을 발표했다. *'Mosquitoes' © Aimee Nezhukumatathil. From "Lucky Fish". Tupelo. Used with permission of the Author.*

페샤 조이스 거틀러

1933~2015. 미국 오레곤주에서 태어나, 어머니가 일찍 사망해 할머니 손에서 자랐다. 유대인 이민자인 할머니는 밑바닥 노동을 전전했기 때문에 학교 교육을 받지 못하고 책을 벗 삼아 상상력을 펼쳐 나갔다. 훗날 장학금으로 대학을 다니며 창작에 혼을 쏟았다. 또한 '글쓰기를 통한 여성의 자기 발견' 프로그램을 만들어 여성을 위한 글쓰기 공동체를 이끌었다. *'The Healing Time' © Pesha Joyce Gertler. From "The Healing Time: Finally on My Way to Yes". Columbus Ohio, Pudding House Publications.*

호쇼 맥크리시

미국 뉴멕시코주 앨버커키에서 활동하는 시인이며 화가. 그 자신은 '드렁큰 포엣(취한 시인)'으로 스스로를 소개한다. 시집 『깊고 멋진 목마름』은 찰스 부코스키의 뒤를 잇는 시 세계로 평가받으며, 소설 『중국산 구찌』도 썼다. *'Cicada' © Hosho McCreesh. Originally published by the Guerilla Poetics Project. Used with permission of the Author.*

도나 마르코바

1942~ . 미국에서 큰 영향력을 가진 여성 카운슬러이자 저술가. 조산사였
던 할머니의 뒤를 이어, 사람들이 마음의 목소리에 귀 기울여 삶에 의미 있
는 변화를 일으킬 수 있도록 돕는 데 평생을 바쳐 왔다. 영성, 자기계발과
관련해 활발한 강연과 워크숍 활동을 하고 있다. *'I Will Not Die an Unlived
Life'* © *Dawna Markova. From "I Will Not Die an Unlived Life:
Reclaiming Purpose and Passion". Boston, Conari Press. Used with
permission of the Author.*

엘라 휠러 윌콕스

1850~1919. 시집 『열정과 고독』에 실린 '웃어라, 세상이 너와 함께 웃으리
라/ 울어라, 너 혼자 울게 되리라'로 시작하는 시 〈고독〉으로 유명한 시인.
미국 위스콘신주 농장에서 태어나 어려서부터 시를 썼으며, 고등학교 졸업
무렵 이미 독자적인 시 세계를 가진 시인이 되었다. 문학적 미사여구 없이
핵심을 찌르는 시를 써서 많은 독자들의 사랑을 받았다. *'Life's Scars' by
Ella Wheeler Wilcox.*

로저 키이스

1942~ . 동아시아 문화 연구자이며 시인이고 역사학자. 일본 에도시대를
대표하는 목판화가 가쓰시카 호쿠사이의 전문가로 명성을 얻었다. 한국 숭
산스님의 가르침을 바탕으로 참선을 지도하는 요크선원을 영국 요크셔주
에 공동 설립해 이끌고 있다. *'Hokusai Says'* © *Roger Keyes. Used with
permission of the Author. www.yorkzen.com*

션 토머스 도허티

'집시의 심장을 가진 시인'으로 불리는 뉴욕시 출신의 시인. 미 전역의 공연
장에서 열정적인 시낭송을 선보여 왔다. 시집 『내가 원하는 것은 갈망』, 『슬
픔(sorrow)이라는 단어의 두 번째 O』를 냈다. *'Why Bother?'* © *Sean
Thomas Dougherty. From "The Second O of Sorrow". Rochester, NY,
Boa Editions. Used with permission of the Author.*

마야 안젤루

1928~2014. 토니 모리슨, 오프라 윈프리와 함께 미국의 가장 영향력 있는 흑인 여성이자 시인. 이혼한 엄마의 남자친구에게 성폭행을 당한 후 실어증에 걸렸으나 시낭송을 하는 자신의 모습을 상상하며 말을 되찾았다. 16세에 미혼모가 되어 아이를 키우기 위해 식당 조리사, 웨이트리스, 나이트클럽 가수, 자동차 정비공을 전전하다가 자전적 소설 『새장에 갇힌 새가 왜 노래하는지 나는 안다』를 발표해 문학사에 획을 그었다. 시적 묘사와 특유의 입담으로 이 책은 2년 연속 뉴욕 타임스 베스트셀러 1위를 지키며 전세계에 번역되었다. *'I've Learned'* © *Maya Angelou. Source: Maya Angelou interviewed by Oprah Winfrey, April 2002.*

나짐 히크메트

1902~1963. 낭만적 혁명가로 불리는 터키의 첫 현대 시인이며 소설가. 모스크바에서 대학을 다닌 후 터키로 돌아왔으나 좌파로 몰려 13년간 감옥 생활을 했다. 이 기간에 많은 시와 희곡을 썼으며, 석방 후 모스크바로 망명했다. 터키 정부의 탄압에도 불구하고 전 세계 50개 언어로 번역되어 사랑받아 왔다. *'Piraye İçin Yazılmış Saat 21 Şiirleri' and 'Yaşamaya Dair'* © *Nazim Hikmet. From "Bütün Şiirleri", YKY. Yayınları, Birinci Basım Nisan.*

다니카와 슌타로

1931~ . 노벨 문학상 후보로 종종 거론되는 일본 시인. 21세에 첫 시집 『이십억 광년의 고독』을 발표해 큰 파란을 일으키며 가장 사랑받는 현대 시인이 되었다. 2차세계대전 이후 암울한 시 일색이던 문단과 달리 경쾌한 언어로 참신한 상상력을 보여 줌으로써 넓은 독자층을 갖게 되었다. *'生きる'* © 谷川俊太. 出典『絵本』. 著者の許可を得て使用.

존 오도나휴

1956~2008. 아일랜드 시인이며 가톨릭 성직자. 농부의 아들로 태어나 영문학, 철학, 신학을 공부했다. 자신의 조상인 고대 켈트인들이 지니고 있던 고

유한 사상에 눈을 뜨고 풍경, 기억, 죽음, 그리고 '예측할 수 없는 파괴적이
고 초현실적인' 세계에서의 허약한 인간에 관심을 가지고 자신의 사상을
글로 쓰기 시작했다. 대표 저서로 그의 이름을 세계적으로 알린 『영혼의 동
반자(원제는 '아남 카라')』가 있다. *'Fluent'* © *John O'Donohue. From
"Conamara Blues". New York, HarperCollins.*

거닐라 노리스

1939~ . 40년 넘게 심리치료사로 활동해 온 스웨덴 출신의 시인이며 아동
작가이자 명상적 저자. 외교관 부모를 따라 아르헨티나, 스웨덴, 미국에서
성장하면서 다양한 언어와 문화를 경험했다. 일상생활에서 영성을 추구하
는 시집 『집에 있기』, 『빵이 되기』가 있다. *'Paradox of Noise'* © *Gunilla
Norris. gunillanorris.com*

브래드 앤더슨

1964~ . 제2의 히치콕을 꿈꾸는, 인간의 심리를 스릴 있게 연출하는 데
탁월한 재능을 지닌 미국 영화감독이며 작가. 인류학을 전공하다가 방향을
바꿔 런던필름스쿨에서 공부했다. 영화 〈세션 나인〉, 〈머시니스트〉, 〈트랜스
시베리아〉를 감독했다. 스페인 시체스국제영화제에서 오피셜 판타스틱 최
우수감독상을 수상했다. *'Can I Carry You?'* © *Brad Anderson.*

필립 라킨

1922~1985. 2차 세계대전 이후 영국 시단이 낳은 가장 뛰어난 시인으로,
삶의 실체를 추구하는 시들을 썼다. 옥스퍼드대학 영문과 수석 졸업 후 평
생 도서관 사서로 일하며 시를 썼다. 수줍음 많은 시골 출신으로 대중 앞
에 드러나는 것을 주저해 영국 계관시인으로 임명되었으나 사양했다. 단 네
권의 시집을 통해 죽음과 무, 허상과 실상, 생성과 소멸에 관해 썼다. *'The
Trees'* © *Philip Larkin. From "High Windows". London, Faber & Faber .*

알베르트 에스피노사

1973~ . 스페인의 배우이자 영화감독이며 소설가. 어려서 암 진단을 받고

10년간 수술과 치료를 받으며 한쪽 다리와, 폐와 간의 일부를 잃었다. 24살이 되던 해부터 풍부한 상상력과 재치가 있는 글을 쓰기 시작했다. 영화 〈4층의 소년들〉, 〈누구도 완전하지 않다〉, 〈키스해 달라고 하지 마세요. 내가 먼저 당신에게 키스할게요〉를 감독했으며, 소설 『세상을 버리기로 한 날 밤』, 『푸른 세계』가 있다. 'Ama mi caos' © Albert Espinosa. From "El mundo azul". 『푸른 세계』(변선희 옮김, 연금술사).

훌리오 노보아 폴란코

1949~ . 뉴욕 출신의 푸에르토리코인 사회학자로, 엘파소의 텍사스대학에서 사회학을 가르치며 소수인종 교육에 관한 책을 주로 썼다. 유니테리언교도(삼위일체론을 부정하고 오직 하나님 한 분만 신이라는 유일신론을 주장하는 기독교의 한 파)로도 활동했다. 여기에 실린 시의 원제는 〈정체성〉. 'Identity' © Julio Noboa Polanco. Used with permission of the Author.

베라 파블로바

1963~ . 러시아 모스크바 출신의 시인이며 오페라 작가. 그녜신 뮤직 아카데미에서 음악사를 전공했으며, 활발한 시작 활동으로 스무 권의 시집을 썼다. 뉴요커지에 여러 차례 시가 실리고, 25개 언어로 시집이 번역되었다. 주로 짧은 형태의 시를 쓴다. 'Untitled' © Vera Pavlova. Used with permission of the Author.

프리츠 펄스

1893~1970. 독일 출신의 유대인 심리학자로 게슈탈트 심리치료 창시자. 전쟁에서 뇌손상을 입은 군인들을 치료하면서 정신분석에 이끌렸다. 2차세계대전 후 미국으로 이주해 게슈탈트 심리학, 정신분석학, 현상학, 실존주의, 실용주의를 가미한 저서 『게슈탈트 치료』를 출간했다. 참선에도 관심을 갖고 일본의 선원에 머물며 짧은 각성의 개념을 치료에 접목시켰다. 게슈탈트 요법은 지금 여기를 강조하며 병이 아닌 환자가 지닌 잠재력을 본다. 'Gestalt Gebet' © Fritz Perls. From "Gestalt-Therapie in Aktion", Stuttgart, Klett-Cotta Verlag.

T. S. 엘리엇

1888~1965. 영국의 시인이며 극작가. 미국에서 태어나 시인인 어머니의 영향을 받아 시를 쓰기 시작했다. 하버드대학, 소르본대학, 옥스퍼드대학, 독일 등지에서 문학과 철학을 공부하고 라틴어, 프랑스어, 독일어에 뛰어났으며, 산스크리트어를 배웠다. 시인 에즈라 파운드의 후원으로 작품 활동에만 전념하면서 명시 〈황무지〉를 발표했다. 각 나라의 언어를 섞어, 환멸과 증오와 불안에 빠진 전후 유럽 문명의 정신적 풍토를 묘사한 이 작품으로, 영국 시문학계에 명확한 금자탑을 세웠다. 1948년 노벨 문학상 수상. *'To arrive where you are' © T. S. Eliot and Esme Valerie Eliot. From "Four Quartets". New York, Harcourt Brace Jovanovich.*

새파이어 로즈

시인이며, 명상 교사이고, 영적 라이프 코치. 27살에 영적 각성을 경험했으며, 20년 넘게 사람들이 일상생활에서 사랑과 평화와 기쁨을 경험하도록 지도해 왔다. 다문화적이고 특정 교파에 소속되지 않는 아가페 국제 영성 센터에서 활동하고 있다. *'She Let Go' © Safire Rose. safire-rose.com*

게리 스나이더

1930~ . 비트 세대의 대표자로 평생을 일관되게 환경운동에 헌신해 온 시인이며 생태시의 개척자. 대학에서 문학과 인류학, 동양학을 공부한 후 일본에 건너가 10년 동안 선 공부를 했다. 미국으로 돌아온 후에는 캘리포니아 시에라네바다 구릉지에 집을 짓고 환경보호론자, 토착민 그룹과 함께 야생의 삶을 실천하면서 많은 활동과 강연을 해 왔다. 시집 『거북섬』으로 퓰리처 상을 수상했다. *'Why Log Truck Drivers Rise Earlier Than Students of Zen' © Gary Snyder. From "Why Log Truck Drivers Rise Earlier Than Students of Zen". Lightfoot Press. Used with permission of the Author.*

데이비드 L. 웨더포드

1952~2010. 아동심리학자이며 작가. 30살 때부터 심각한 신장 질환을 앓아 투석 치료를 받아야 했으며, 이때부터 시를 쓰기 시작했다. 첫 번째로

원고료를 받고 판 시 〈느리게 춤추라〉가 자신도 모르는 사이에 임종을 앞둔 한 소녀의 시로 인터넷에서 널리 인용되었다. *'Slow Dance' attributed to David L. Weatherford. Impossible to establish the authorship of this poem or find contact to the author.*

브라이언 패튼

1946~ . 인간 관계에 대한 서정시를 발표해 온 영국 시인. 1960년대 '리버풀 시인들'의 한 사람으로 작가적 명성을 얻었다. 시집 『사랑시편』으로 대중의 큰 관심을 받았으며, 어머니의 죽음과 어린 시절의 기억을 담은 『전투함대』는 가장 원숙한 시집으로 평가받는다. 여기에 실린 시를 번역하면서 이메일로 시의 정확한 의미를 묻자, 패튼은 어머니가 키우던 고양이에 대한 회상과 함께 상세하게 답해 주었다. *'Inessential Things' © Brian Patten. From "Selected poems". London, New York, Penguin Books.*

W. S. 머윈

1927~2019. 생태시인으로 명성 높은, 퓰리처 상을 두 번 수상한 미국 계관 시인. 앨런 긴즈버그 등과 함께 베트남 전쟁을 규탄하고, 불교 철학의 영향이 글에 스몄다. 말년에는 하와이 마우이 섬에 살며 열대우림 보호에 앞장섰다. 인간이 자연과 더불어 지속가능한 삶을 이룰 수 있도록 메시지를 던지면서 컴퓨터를 사용하지 않고 작은 노트에 시를 썼다. *'The Unwritten' © W. S. Merwin. From "THE SECOND FOUR BOOKS OF POEMS by W. S. Merwin". Used by permission of The Wylie Agency LLC.*

페르난도 페소아

1888~1935. '리스본의 영혼'이라 불리는 포르투갈 최고의 서정 시인. 자신 안의 여러 자아에게 각각의 이름을 부여해 페르난도 페소아, 리카르두 레이스, 알베르투 카에이루, 알바루 드 캄푸스 등 70여 개의 이름으로 글을 발표했다. 생존했을 때는 그의 시를 이해한 사람이 없어 출간 시집이 단 한 권 뿐이었으나 사후에 엄청난 양의 글이 담긴 궤짝이 발견되어 현재까지 분류와 출판이 진행되고 있다. *'A espantosa realidade das coisas' by Alberto*

Caeiro. From "Poemas Inconjuntos".

알프레드 K. 라모트

1948~ . 대학에서 세계 종교를 강의하는 초종파 성직자이며, 명상 교사. 미국 워싱턴주에 살면서 밤에 젖은 풀밭을 맨발로 걷는 것, 이름을 떠올리지 않고 별들을 바라보는 것, 사람들과 둥글게 앉아 시를 읽고 명상하는 것을 좋아한다. 텍사스주에 있는 독립출판사 Saint Julian Press에서 명상 시집 『상처받은 봉오리』와 『매 순간 영원과 만나기』를 출간했다. *'Ancestry'* © *Alfred LaMotte. First published in The Tiferet Journal. Used with permission of the Author.*

테드 쿠저

1939~ . 미국을 대표하는 현대 시인 중 한 명. 고등학교 때 '영예, 불멸, 방랑하는 삶'에 매력을 느껴 시인이 되기로 결심했지만, 대학 졸업 후 평생을 보험회사에서 일했다. 직장 출근 전 매일 아침 한 시간 반씩 글을 쓴 것으로 유명하며, 은퇴할 때까지 7권의 시집을 썼다. 미 의회도서관 계관시인을 역임했고, 시집 『기쁨과 그림자』로 퓰리처 상을 받았다. *'A Rainy Morning'* © *Ted Kooser. From "Delights & Shadows". Used with permission of The Permissions Company, LLC on behalf of Copper Canyon Press.*

랍비 힐렐

기원전 110~기원후 10. 유대교 율법 발전에 공헌한 학자이며 현자. 마흔 살에 이름난 유대교 지도자 밑에서 배웠다. 하루 종일 일해 절반은 수업료, 절반은 생활비로 쓰던 어느 날 일자리를 찾지 못해 수업료를 내지 못하고 입장이 거부되자 강의실 옥상에 올라가 채광창을 통해 강의를 들었다. 한겨울이었고 밤새 눈이 내려 눈에 뒤덮여 있는 걸 학생들이 발견하고 그를 구했다. 이후 유대 민족의 정신적 스승이 되었다. *'I Walk' by Rabbi Hillel.*

리젤 뮬러

1924~2020. 독일 함부르크에서 태어나 히틀러의 압제를 피해 열다섯 살에

교사인 부모와 함께 미국으로 이주했다. 여러 대학에서 문학을 강의하며 시인과 번역자로 살았다. 시집 『함께 살아 있기』로 독일 출신의 시인으로는 최초로 퓰리처 상을 수상했다. *'Hope' © Lisel Mueller. From "Alive Together". Baton Rouge, Louisiana State University Press.*

제프리 맥다니엘

1967~ . 미국 차세대 시인 중 한 명으로 주목받는 시인. 『알리바이 학교』 등 4권의 시집을 냈으며, 포에트리 슬램(Peotry Slam. 창작시를 랩처럼 역동적으로 낭송하며 배틀을 벌이는 대회)에 참가해 왔다. '내가 죽었을 때도/ 나는 땅속을 헤엄쳐 갈 거야/ 흙의 언어처럼/ 단지 너의 뼈 옆에 있기 위해'처럼 신선한 은유를 구사한다. *'The Quiet World' © Jeffrey McDaniel. From "The Forgiveness Parade". San Francisco, Manic D Press.*

에드나 세인트 빈센트 밀레이

1892~1950. 시집 『하프 잣는 여인』으로 퓰리처 상을 수상한 시인이며 페미니스트 운동가. 간호사인 어머니와 교사인 아버지 밑에서 태어나 메인주의 자연 속에서 성장했다. 부모의 이혼으로 가난하게 생활하다가 대학 졸업 후 뉴욕으로 가서 신세대 여성으로 이름을 날렸다. 첫 시집 『부활』로 문단에 데뷔했으며, 낡은 가치관으로부터 벗어나도록 여성들에게 영감을 주는 시들을 썼다. *'Lines for a Grave-Stone' by Edna St. Vincent Millay.*

매기 스미스

1967~ . 미국 시인이자 편집자. 아동서적 출판사에서 편집자로 일하다가 프리랜서 작가로 전환하고, 다양한 매체에 시를 발표했다. 시 〈좋은 뼈대〉가 소셜미디어에 전파되어 수백만 명이 읽었다. *'Good Bones' © Maggie Smith. From "Good Bones". Used with permission of The Permissions Company, LLC on behalf of Tupelo Press.*

에이다 리몽

1976~ . 멕시코계 미국 시인으로 캘리포니아에서 성장했다. 뉴욕대학에서

문학 전공 후 잡지사 편집자로 일하다가 현재는 글쓰기를 가르친다. 첫 시집 『행운의 난파』로 주목받았으며, 시 〈소녀처럼 승리하는 법〉으로 퓰리처상을 수상했다. *'The Raincoat'* © *Ada Limón. From "The Carrying".* *Minneapolis, Milkweed Editions. Used with permission of Milkweed* *Editions.*

케이티 스티븐슨 워스

하와이 호놀룰루 출신의 섬유 예술가. 콜로라도대학에서 예술을 공부했으며, 명상 캠프 참가 후 이 시집에 실린 시 〈나는 당신보다 나은 사람이〉를 썼다. *'I no longer want to be better than you'* © *Katy Stevenson Wirth.* *From "The Carrying". awakeningwomen.com*

도널드 홀

1928~2018. 시인이며 문예비평가. 『어두운 집들』, 『어느 날』, 『없이』 등의 시집을 비롯해 40권이 넘는 저서를 출간했다. 미 의회도서관 계관시인을 역임했다. 미시간대학 영문학 교수로 재직 당시 19세 연하의 제자 제인 케니언을 만나 결혼해 뉴햄프셔주의 이글폰드 농장으로 가서 스물세 해를 살다가 제인이 먼저 세상을 떴다. *'Last Days'* © *Donald Hall. From "Without".* *Boston, Houghton Mifflin Harcourt.*

메리 톨마운틴

1918~1994. 알래스카의 눌라토 마을에서 원주민 어머니와 아일랜드인 아버지 사이에 태어나 어려서 고아가 되었으며, 백인 의사 집안에 입양되었으나 양부모마저 곧 세상을 떠났다. 샌프란시스코에 살며 시와 단편소설들로 고향에 대한 그리움과 거친 도시 생활의 고독감을 표현해 아메리카 원주민 문학을 대표하는 작가가 되었다. 만년에는 가난한 지역 아이들에게 시를 가르쳤다. *'There Is No Word for Goodbye'* © *Mary TallMountain. From* *"The Light on the Wall". Los Angeles, University of California Press.*

류시화는 시인으로 시집 『그대가 곁에 있어도 나는 그대가 그립다』『외눈박이 물고기의 사랑』『나의 상처는 돌 너의 상처는 꽃』을 냈으며, 잠언시집 『지금 알고 있는 걸 그때도 알았더라면』과 『사랑하라 한번도 상처받지 않은 것처럼』을 엮었다. 인도 여행기 『하늘 호수로 떠난 여행』『지구별 여행자』를 썼으며, 하이쿠 모음집 『한 줄도 너무 길다』『백만 광년의 고독 속에서 한 줄의 시를 읽다』『바쇼 하이쿠 선집』과 인디언 연설문집 『나는 왜 너가 아니고 나인가』를 엮었다. 번역서로는 『인생 수업』『술 취한 코끼리 길들이기』『마음을 열어주는 101가지 이야기』『달라이 라마의 행복론』『삶으로 다시 떠오르기』『나는 나』『기탄잘리』『예언자』 등이 있다. 우화집 『인생 우화』와 인도 우화집 『신이 쉼표를 넣은 곳에 마침표를 찍지 말라』, 인생 학교에서 시 읽기 『시로 납치하다』를 썼으며, 산문집으로 『새는 날아가면서 뒤돌아보지 않는다』와 『좋은지 나쁜지 누가 아는가』가 있다.

마음챙김의 시

2020년 9월 17일 1판 1쇄 발행
2025년 1월 7일 1판 110쇄 발행

엮은이_류시화

발행인_황은희·장건태
책임편집_오하라
편집_최민화·마선영·박세연
마케팅_황혜란·안혜인
디자인_행복한물고기Happyfish
제작_제이오

Illustration ⓒ Jesus Cisneros

펴낸곳_수오서재
주소_경기도 파주시 돌곶이길 170-2(10883)
등록_2012년 3월 20일(제2012-000255호)
전화 031-955-9790 팩스 031-946-9796
이메일 info@suobooks.com
www.suobooks.com
ISBN 979-11-90382-26-7 03810

이 도서의 국립중앙도서관 출판시도서목록(CIP)은 서지정보유통지원시스템
홈페이지(http://seoji.nl.go.kr)와 국가자료공동목록시스템(http://www.nl.go.
kr/kolisnet)에서 이용하실 수 있습니다. (CIP제어번호: CIP2020037979)